此 | 情 | 可 | 待 | 成 | 追 | 忆

穿过岁月的晴空

关欣 著

西南财经大学出版社
中国 · 成都

图书在版编目(CIP)数据

穿过岁月的晴空/关欣著．—成都:西南财经大学出版社,2020.11
ISBN 978-7-5504-4628-1

Ⅰ.①穿…　Ⅱ.①关…　Ⅲ.①回忆录—中国—当代　Ⅳ.①I25

中国版本图书馆 CIP 数据核字(2020)第 212873 号

穿过岁月的晴空
CHUANGUO SUIYUE DE QINGKONG
关欣　著

总 策 划:李玉斗
策划编辑:王正好
责任编辑:周晓琬
助理编辑:肖翀
封面设计:摘星辰·DIOU
责任印制:朱曼丽

出版发行	西南财经大学出版社(四川省成都市光华村街 55 号)
网　　址	http://www.bookcj.com
电子邮件	bookcj@foxmail.com
邮政编码	610074
电　　话	028-87353785
照　　排	四川胜翔数码印务设计有限公司
印　　刷	四川新财印务有限公司
成品尺寸	148mm×210mm
印　　张	7.75
字　　数	170 千字
版　　次	2020 年 11 月第 1 版
印　　次	2020 年 11 月第 1 次印刷
书　　号	ISBN 978-7-5504-4628-1
定　　价	48.00 元

自序

我喜欢收集和记载，但这都是有小孩以后的事了。在孩子能记事、会表达以后，每天晚上，我都要求孩子讲述她当天经历的事情，并替她把有趣的点点滴滴记录下来，直到她读小学自己会写字为止。这些记录了岁月过往的小册子就放在孩子的房间里。每当孩子整理房间，看到这些记录册，就会翻开看，边看边笑，停不下来。最后，整理房间总是“到此为止”。

我曾经在QQ空间摘抄了几段对孩子2~4岁时的口述记录，非常受欢迎。粉丝们留下了许多评论，赞扬小孩的童真、童稚、童趣，希望我继续发表下一篇日志。

同时，每个月我至少保存一张孩子的照片（30多年前没有数码相机，也没有手机，拍照片需要用胶片相机。照片拍得怎么样要得等洗出来才知道。因此，要做到这一点是有难度的）。我把她从小到大的照片收集起来，请一位技术精湛、具有专业水平的L朋友[1]制作了一个图文音并茂的视频相册——《成长》。我想，等孩子长大后，就把这个作为礼物送给她。可想而知，这份与众不同的礼物会让她多么高兴！

当我打算出版这本书时，大家都非常支持。有的为我打气鼓劲，有的为我出谋划策，还有的正在做与我志同道合的事情。大家的支持和满满的正能量，是我出版这本书最大的动力！

本书分为七章。其中《一路走来》，记叙我从记事时起到退休所经历的一些难忘的事情。《从重庆到北京的孩子（女儿口述）》是我对女儿口述的整理，记录她的成长历程。《一个真实的故事》《没有缘分的天空》《思念你，桂林》《跳动的火苗》《雨衣的故事》是我当知青时和工作期间听说和经历的一些小故事。

在此，竭诚感谢朋友们给我的勇气、帮助和支持！竭诚感谢在人生道路上帮助过我的领导、老师、亲友、同学、同仁们！

关欣

2020年6月

① 全书涉及真实人名的都用姓氏拼音首字母代替。

目录

Contents

第一章

Chapter 1

一路走来

我的童年和青少年时代

我的幼年在若干个幼儿园度过。

最早的记忆始于3岁多吧，发生在母亲厂里的幼儿园。那天天气不好，下了一整天的雨。早上母亲送我到幼儿园后，我就开始狂哭，老师怎么也劝不住。中午，哥哥头上顶着雨衣遮住脸来看我，我一眼就把他认出来了。我大哭："哥哥，我要回家！哥哥，带我回去吧……"哥哥别过脸赶紧走了，我继续哭个不停。在上个世纪五十年代[①]，一碗肉丸子汤还是挺有吸引力的，可它放在我眼前，我权当没看见。下午母亲下班后

① 指20世纪50年代。

来幼儿园接我，老师说我不吃不喝哭了一整天。

母亲在重纺二厂（原重庆市第二棉纺厂）工作，我家就住在沙坪坝区离棉纺厂最远的家属区。父亲在江北区三钢厂（原重庆市第三钢铁厂）工作，那时还没有嘉陵江大桥，全靠轮渡往返两岸，所以父亲每周只回家一次。哥哥、弟弟和我都由母亲照料。

每天早饭后，哥哥去重庆市第一中学上学，母亲去上班，把我和弟弟锁在家里。中午的饭菜被母亲用饭盒包裹在棉絮里，到了时间我们自己拿出来吃。上午和下午，我和弟弟总想找点事情干，要么把哥哥留在家里的书和本子撕得面目全非，要么把家里喂养的兔子拿来乱整。没办法，母亲只好带着我和弟弟去上班，但是弟弟老是调皮捣蛋，分散母亲的注意力，害得她挨车间主任的批评，不准她再带孩子上班了。

哥哥懂事早，于是他上学的时候就带着我和弟弟。上课的时候他进教室上课，我们在校园里玩，下课的时候他就跑出来和我们玩一会儿。要是我们表现好，不到处乱跑，不惹是生非，哥哥就奖励我们一个可以贴在手上的“印画”。可是我俩没这么省事。有一天，全校师生在礼堂开大会，弟弟和我从后台登上了主席台，如入无人之境，一会儿跑过去，一会儿跑过来，弄得全校师生哗然。自此，哥哥再也不敢带我们去学校了。

父母只好把我和弟弟送去父亲厂里的幼儿园。可能这次有弟弟陪伴的原因，我没像上次那样哭闹不休，就在那个幼儿园待了下来。记得那时我 4 岁，不喜欢午睡，且胆子特别大，又很有脑子。我发现，中午有半个小时无人看守大门，可能看门人吃饭去了。于是，我很快吃完午饭，溜出幼儿园大门，一路逛一路看，一直走到山脚的一所小学，再沿原路返回。回到幼儿园时，小朋友们正好起床。这样一直持续了半个多月，居然没被任何人发现。

过了一段时间，我觉得一个人跑出去不安逸。于是某天中午，就约了弟弟和另外两个同学一起溜出去，这次走得更远，来到了对面山上。结果迷路了，去问路又说不清楚幼儿园的名字。正着急，突然听到了小学的钟声，我急忙循声赶去，终于找到了返程的路。可是这次起床的时间早过了，又差了这么多人，不被发现才怪！此后，幼儿园大门再也没出现中午无人看守的情况，我也再没有机会逃避午睡了。

记得幼儿园有个地方没有墙，与外界是用竹栅栏隔开的。外面种着一大片藤藤菜，我和小伙伴们可以把手从缝隙间伸出去摘白色的像喇叭花一样的藤菜花，还可以伸手出去摘地上的马齿苋来吃，酸酸的，糯糯的。

后来我和弟弟被送到了重庆市交通局幼儿园，四娘在那里当园长。那是“三年困难时期”的中后期，由于四娘的照顾，我没有饿肚子的记忆。听母亲说，那时我很挑食，不吃豆腐和豆子。我清楚地记得一个场景：我一个人坐在饭堂旁边的一间小房间里，把罐罐饭里的饭豆一颗一颗挑出来扔到桌上。每周星期六晚上，母亲把我和弟弟接回家。星期天中午，我们就去餐厅吃饭。有时吃中餐，我现在都记得那烧白的样子；有时吃西餐，如果冰激凌颜色不好看，我就不吃，怎么劝也不吃。

* * * * *

我在交通局幼儿园一直待到上小学。

我的小学叫“重庆市棉纺厂第六子弟小学校”，简称“重纺六校”。它位于沙坪坝区，在离重纺二厂厂区最远的一个家属区内，占地面积较小，仅为一幢三层家属楼三个单元中的一个单元。学生也不多，每个年级两个班，一共 12 个班。我家就在对面那幢家属楼里，上学近便得很。因为左邻右舍的小孩都在那里读书，所以母亲也在那里给我报了名。从一年级开始，我就独自上下学，从来没要家长接送过呢！

第一次演节目，由于老师和学生互相不了解，音乐老师便凭主观想象指定人选参加舞蹈排练，我是其中之一。开始我的动作特别僵硬，后来越跳越灵活。演出时老师给我化妆化得最好，我跳舞也跳得最好，得到了一致好评。从那以后，每次班上跳舞、学校跳舞都少不了我啦！

记得有一次我们学校举行“爱国卫生运动”宣传活动，我穿着单薄的红色演出服，担心室外气温低，容易受凉，就在外面披了一件绿色开衫毛衣，有我的演出就脱衣上场，下场再披上。Y 同学自愿跟着我并帮我服务。回家的路上，她说：“你好像一个演员哟！跳得好看，衣服也好看。”同时用羡慕的目光打量着我。哦，原来红配绿也有好看的时候啊！我心里美滋滋的，顿时挺了挺腰板儿，觉得自己格外厉害，是个小明星了。

但孩子毕竟是孩子，我有个弱点，那就是特别怕疼。

学校打预防针是不会事先告诉学生的。但是，我特别机敏，一旦听到隔壁班有动静或看到“白大褂”走进教室，就赶紧跑去厕所，一去不回头。可医生是有记录的呀！怎么每次这个学生都不在？于是，再次打针的时候老师就把我堵住了。我又哭又蹦，就是不愿意打针。任凭医生哄、老师吓，我就是要横了。这时，我这个“小明星”可不再那么风光了。最后，老师把校长请来了，她是位老红军，平时我们都怕她。校长不停地安慰我，给我讲道理。最终，我还是挨了一针。哎，没有想象中那么疼！早知如此，何必当初呢！我不知道老师和同学们还记不记得这件事，反正我是终生难忘。

我十岁那年，读小学三年级，那时候一般人家没有照相机，遇到特殊情况需要照片就得到照相馆去拍照。照相馆的镁光灯一开，白晃晃一片，射得人睁不开眼，坐在镜头前人立马紧张起来，表情很不自然。由于要办游泳证，我找母亲要了3角钱，与几个同学相约一起去照相馆拍了张照片。我还记得那是快放暑假的时候，那天天气晴朗，在明媚的阳光下，我们走进照相馆，依次拍了照。

从照片中我的脸上，你看不出天真烂漫，看不出喜怒哀乐，只有一脸的沉静，一脸的单纯。眼睛是清亮的，五官是端正的，表情是平淡的。

有着这张平静脸的我，在学校有一颗向上的心，就像野外山坡上的小草和小花一样，有了阳光雨露，就会一个劲地往上长。本来，上小学之前，我从来没有唱过歌，没有跳过舞，也没有画过画。进了学校，才明白原来世界上还有另外一片天地，才知道原来我能歌善舞，还会画画。在这里，我可以学到很多东西，过得很开心，很快活，很幸福。我的潜能被老师们挖掘出来，就像一粒种子掉进了适合其生长的土壤里一样，开始生根发芽，开枝散叶。

我的音乐细胞比较发达，报考参加学校合唱队时，我才开口唱了一句，主考老师便说过关了。我的乐感也比较强，凡是唱得来的歌，就能写出简谱和歌词来。

有一次，学校合唱队排练，我站在最前排，音乐老师竖起耳朵听了一会儿，让我出来领唱。这下好了，原来我是个“滥竽充数”的角色！叫我一个人出来唱，我的声音莫名其妙地变了，又小又难听，居然还发出了一些令人心悸的颤音来。哎呀呀！简直恨不得地上有个缝，自己好钻进去。

每次文艺演出，我们班的节目总是一级棒！因为有位同学的姐姐既会编舞又会跳舞，她看了演出或电影后，凭借记忆加创意，总是能编排出好看的舞蹈来。比如看了《星星火炬》，“六一”儿童节我们就编排出了集体舞蹈《花儿朵朵向太阳》。新颖别致的组合造型，活泼优美的舞蹈动作，井然有序的队形变换，加上能让我们撒出五彩纸屑的束束鲜花，让全校师生们大饱眼福。看了《南方来信》，国庆演出的时候，我们就自编自演了《眼望着北方的天》，一个个变成了婀娜多姿的“越南姑娘”。我们把辫子拆散，穿上五颜六色的衣裳，把借来的纱巾披在肩上，或站或蹲或漫步，分组造型。幕一拉开，全场响起热烈的掌声。那是上个世纪六十年代①的时候，一个班队能整出这个水平，很不得了啦！

图画老师看了我的课堂作业，决定给我“开点小灶”。上课的时候，老师让其他同学临摹黑板上的示范图，却让我照着

① 指20世纪60年代。

画册，画难度更大的图画。别人还在学画小鱼小鸡的时候，我就已经开始画人物画了。

记得有一次，图画老师奖励了我一套绘画工具，有 12 色的水彩画颜料、调色盘、毛笔，还有图画本。我在这个图画本上画了花卉、人物、风景。花卉有牡丹花、荷花、芍药、喇叭花以及一些叫不出名字的花。人物多数是女性，有古代仕女、七仙女、海螺姑娘、穆桂英、花木兰等，还有“飒爽英姿五尺枪”的女民兵、《红色娘子军》里的吴琼花、《白毛女》里的杨喜儿……我只画了一位男士，那就是毛主席。开始是偷偷摸摸地画，照着毛主席像章画，生怕画走了样。还好，画得很像，获得了一致赞扬。

六年级的时候，学校办了一个阶级教育展览，展览中的每一张图都是我画的，每一个字都是我写的。素材是 X 老师提供的。照理说，我的美术天赋不浅，培养一下应该很有前途。可是，母亲不喜欢我画画，一看见我画画就要唠叨，一是怕我不务正业，二是怕我近视。我很听话，就不画了。现在想想真是可惜呀，如果不停笔，也许我还能成为“一代大家”，但这个“也许”已然消失在了岁月的深处。

比起文艺方面，我的体育就不那么出色了。虽然速度类项目我还算厉害，50 米、100 米短跑，许多男同学都跑不过我。遇到接力赛时，我经常跑了第一棒还要跑最后一棒。但投掷类项目却是我的弱项，手榴弹[①]、铁饼、铅球，常常扔不远。老师说要是在战场上我早把自己炸死不知多少回了。有什么办法呢？我的力气就是小，掰手腕也总是输。

更为遗憾的是，从小到大，我和游泳无缘。三年级的时候，和几个好友相约参加暑期游泳班，我买了漂亮的游泳衣，办好了游泳证。谁知道，一下水就抽筋。老师说我准备活动做得不充分，带着我又做了一遍，再下水，还是抽筋。连续三次，最后宣布，我属特例，不能游泳。从此以后，我就再也没有游过泳，漂亮的游泳衣也送人了。

我的文科一直比较好，从来就讨语文老师喜欢。三年级时，新调来的班主任 C 老师教语文，经常拿我的作文当范文，上课爱点名让我发言，评选先进也总是选我。这让很多同学心里不服气。本来这算不了什么，以前的语文老师也喜欢我，可

① 此处指“扔手榴弹”的体育项目。

这是个男老师，年青英俊，女孩子们忍不住叽叽喳喳的，有时候弄得我很尴尬。

在小学，我有两个很要好的朋友 L 和 H，我们三个人是班上和学校的文艺骨干分子，每次跳舞演出我们都会一起参加，在学校有事无事就粘在一起。那时我们弄不懂为什么那么多女孩子长大了要和男人结婚，于是三个人拉钩发誓长大了都不和男人结婚，就我们三人结婚，组成一个女子家庭！可自从帅帅的班主任来了后，就再也没有人提起这个誓言了。

小学六年我们都没想过一起去照张相，长大以后才想起去照一张合影。当时我正在外地读大学，L 和 H 已经工作。暑假回来后，我们还是爱在一起玩，想起当年说过的傻话——不和男人结婚，一起组成一个女子家庭，三人笑得直不起腰。

* * * * *

而在家里，我就变成了另外一个人。大约在我读小学三年级时，父亲办理病退回家，这下父母待在一起，时不时就会吵架。家里住的是筒子楼，邻居都能听见我家的吵架声。我因此很自卑，常常郁郁寡欢，默默无言，胆子也变小了，大门不出，二门不迈，生怕一不小心，说错话、做错事，成为父母争吵的导火索。

从那时开始，放学以后，我常窝在家里看书。先是到书摊上租小人书来看，一两分钱租一本。一般是精彩的两分钱，不精彩的一分钱；厚本的两分钱，薄本的一分钱。没多久，书摊上的小人书看完了，我就去找隔壁的Z阿姨借文字书看，可是，Z阿姨看的全是长篇小说，没辙了，长篇就长篇吧，总比没书看好哇！

我看的第一部长篇小说是《烈火金刚》，那时我个子小，抱着书的样子就像抱着砖头。看完以后，我觉得看小说比看小人书过瘾多了。从此，我就成了Z阿姨的忠实门徒，她看什么，我就看什么。国内的如冯德英的“三花”系列小说（《苦菜花》《迎春花》《山菊花》），巴金的“激流三部曲”（《家》《春》《秋》）、“爱情三部曲”（《雾》《雨》《电》），以及李英儒的《野火春风斗古城》、金敬迈的《欧阳海之歌》等。国外的如大仲马的《基督山伯爵》、司汤达的《红与黑》、巴尔扎克的《高老头》《欧也妮·葛朗台》、莎士比亚的《哈姆雷特》等。

现在想来，家庭不和，有些原因出在父亲身上。他太像一个女人，心灵手巧，会裁剪缝纫，会织毛衣，会做饭炒菜。总之，女人会做的，他都会做，而且比很多女人都做得好。那么矛盾就出现了。一个屋檐下有了两个女人。

父亲的脾气本来就不好，有点暴躁，有点自私。但他又这么能干，于是赋闲后老看别人不顺眼，老想教训别人。偏偏母亲不愿当他的“下饭菜、出气筒”。母亲做家务虽然不如父亲，可在工作上出类拔萃，年年都是生产标兵，“万米无疵布”不是吹的！从我记事起，她的工资就比父亲高很多。这样一来，父亲性格暴躁，心胸比较狭窄，处事比较小气，喜欢大吼大叫，全然不顾影响。母亲脾气倔强，自尊心很强，面子观念重，爱和父亲争辩，不甘认输。他们就像针尖对麦芒，很小的事（比如煮绿豆稀饭，是先把绿豆炒了再煮，还是不炒就煮）就可能引发争执，互不相让。

父亲有时喜欢生拉硬扯，把以前陈芝麻烂谷子的旧事翻出来，无休无止地大吵大闹。母亲顾面子，不愿闹得让邻居看笑话，总是气得长哭短哭，吃不下饭，睡不着觉。一般在这种时候，我就缩在一边默默流泪。

最怕的是母亲气极以后，晚上到处乱走，出门不归。这时，父亲就会叫我和弟弟出去分头寻找。那时，城市没有这么繁华，没有喧嚣的夜生活，晚上九点一过，街上路灯暗淡，巷道黑灯瞎火，冷冷清清，人迹稀少。我常常是怀着惴惴不安的心情，沿着家周围的大街小巷边走边张望，几步一回头，生怕有坏人在后面跟着。

可能我小时候没有感受到什么家庭温暖，所以在学校和家里判若两人。父母三天两头地大吵大闹让我有时候觉得耻辱，抬不起头，除了上学，我几乎从不出门，更不用说串门。后来，这居然成为我的一个优点，人们经常说我从小就与众不同，不像工厂区长大的孩子，没有走东串西、说长道短的习性。其实，他们哪里知道个中原委。

父亲虽然会做衣服，但我不喜欢穿他做的衣服。他经常别出心裁搞创意，把自家孩子当成“时装模特儿”。有一天，不知道他在哪里看到了一种套衫，衣服的套头开口既不是从前面直开，也不是从后面直开，而是在前襟衣领左侧斜向左腋下开口，样式很特别。于是他就给我和弟弟一人做了一件这种款式的短袖衫。我最烦这件衣服了，衣料是白色的丝绸，很薄，很轻。他也不想想，人家是女孩子呢！终于有一天，我在母亲老家河边洗衣服的时候，一不小心，那件衣服被水冲走了。当时我一点都不惋惜，反而有点幸灾乐祸，怎么没早点想到这个主意呢！但现在回想起来，却有说不出的遗憾。

好像是我读小学四年级下期吧，“文化大革命”（简称“文革”）开始了。全家人回到了母亲的故乡——四川省广安市武胜县。

老人们常说，黑眼仁多的妹儿勤快，没准儿真是这样。小时候，邻居总是夸我眼睛有神，黑眼仁多。回到老家时，我10多岁，不上学，就自觉自愿承担家里的大小家务：洗全家的衣服，煮全家的饭菜，做屋里屋外的清洁卫生，收拾和整理房间，赶场购买物品等。我以为多做事，讨父母喜欢，父母心情好，就不会吵架了。但我不知道，越是繁忙就越是没有时间争吵，越是闲着就越是东家长西家短。恰恰在这段时间，父母的吵闹成了家常便饭，如果连炖鸡是先炒了再炖还是生的就炖、要放花椒还是不放花椒这样的芝麻小事都可以大吵大闹几天几夜的话，那生活中要争吵的事情就太多了。开始邻居们还来劝解，久而久之，知道劝也没用，劝也劝不住，便不再劝，各自把门闭得紧紧的，任他们去吵。

那时，我最喜欢做的事就是到水库或河边去洗衣服，可以避开他们吵架，眼不见心不烦。如遇晴天，一大早便约上邻居家的女孩一起，背上一背篼脏衣服、脏铺盖到河边或水库边，找一块大大的较平的石板，边搓洗衣物边任流水冲走上面的污渍。待一大堆衣物洗完，太阳已经高高升起。我们把干净的衣物拧干抖散，一件件铺在石板上，或晾在树枝上，让阳光照晒，让和风吹拂。我们这时就像小河里的鱼儿一样，虽然不是自由自在地游来游去，但却能够自由自在地坐在河边戏水，捉小鱼，采野花。如果阳光温暖，我们就干脆躺在石滩上，摘一片大大的芭蕉叶罩在脸上，闭着眼睛晒太阳。只有这时候，在大自然的怀抱中，我才真正感到生活的美好！

我也喜欢和隔壁孩子们一起漫山遍野地打猪草，什么“猪鼻孔”呀，“地地菜”呀，马齿苋呀，老远看见了，就像发现了金银财宝那么高兴。红薯长出来的时候最安逸了，小山顶上，沙土多，红薯一拉就起来了。干草枝也多，满山遍野都是。我们一半人拾柴火，一半人洗净红薯，然后烧起火堆烤红薯吃。不知是因为烤的红薯是自己的劳动成果，还是跑了半天跑饿了，我们一个个吃得“吧叽吧叽”的，香得要命！但是，要是让农民伯伯们看到就糟了，他们会像“警察追强盗”一样，把我们追得扑爬跟斗①的。有一次，一个同伴背着背篼跑不动，干脆就把背篼扔了，可是扔晚了，还是被追到了，被抓去当了“反面教材”，罚了半天站，受了半天教育，还把他的背篼没收了。

离我们家不远有一个果园，种了不少柿树、梨树，还有一大片广柑树。每年柿子、梨子成熟的时候，我和弟弟就能大饱口福，吃个够。年底广柑成熟时，我家一买就是上百斤，堆在屋角像座小山一样。用手剥广柑很费手指甲，我和弟弟用竹片做了一把专门剥广柑的小刀，刀柄处还用红色丝穗缠上一圈，就像一把小小的红缨刀。一季广柑一般要吃到春节后，大约是到三月份。

还有一件让人快乐的事情，就是夏天的傍晚，天要黑之前，到田坎边的桑树上捉蜻蜓。那些蜻蜓白天灵光得很，飞得又快又高，哪里逮得到哟！可是到了傍晚，要多傻有多傻，不

① 意为“连滚带爬”。

管是红蜻蜓、绿蜻蜓，还是黑蜻蜓，停在枝头上一动不动，你只管用双手去捧就是了。

* * * * *

两年后，我们全家回到城市。上了没几天六年级，我就升初中了。

当时小升初不用考，按居住地划片读书，我被划到重庆市第三中学（现南开中学）读初中。这个学校一直是重庆市的好学校，现在是重庆市首批市级重点示范中学之一。

那是“文革”后期，教学不是很规范。物理课被工业基础课（简称“工基”）取代，生物课被农业基础课（简称“农基”）取代，没有历史课和地理课，所以长期以来我的历史和地理知识贫乏，经常分不清朝代和历史人物，也找不准地理位置。

工基的实习是被安排在无线电厂进行学工劳动。每天一大早吃了早饭，同学们就步行半小时到无线电厂去，中午下班后再步行回家。我被安排在钳工班，两个好友 Y 和 Z 被安排在电工班。钳工班的工人叔叔们都是努力干活儿的，每天锉刀钳子的事情总是干不完。电工班的工人叔叔们就轻松得多，人多事少，没事的时候就聚在一起看报、喝茶、聊天。

知道我们下午不上课，电工班的叔叔伯伯们就邀请我们三人一起参加他们自由组织的文娱活动，其实就是爱唱歌的唱歌，爱唱戏的唱戏，爱猜谜的猜谜。唱歌是 Z 的强项，她的女高音不说是绕梁三日，起码可以算是绕梁“两日”吧。而猜谜是我的强项，不管是经典的还是自编的谜语，我往往能猜个八九不离十。偶尔大家还会用掌声鼓励我们表演一段舞蹈。那时我们不会跳交谊舞，也不会跳现代舞，只会通过一些芭蕾舞的姿式演绎毛主席诗词，比如“北国风光，千里冰封，万里雪飘……”再比如“风雨送春归，飞雪迎春到，已是悬崖百丈冰，犹有花枝俏……”Y 叔叔喜欢唱京剧，《打虎上山》《临行喝妈一碗酒》是他的保留节目，那响遏行云的唱腔给我们留下了非常深刻的印象。

后来，Y 叔叔知道我们想学骑自行车，他便借来自行车，再约上一两个男同学，一起到重庆市第三中学、重庆市第一中学或重庆大学的操场上去练习。后来我们不再麻烦 Y 叔叔，直接让男同学去把自行车骑来，用完后再还回去。骑自行车是好友 Y 的强项，她个子高，腿长，胆子大，一遇到情况就双脚点地，永远不会摔倒，所以她是我们三人中最早学会骑自行车的。

那是秋天的时候，秋高气爽，无忧无虑，生活真美好呀！

有一天，实习途中，我和 Z 正匆匆忙忙往厂里走，忽然被一个男同学喊住了，他说要向我这个副班长请病假。我看了他一眼，班上的“老油子”，从来没这么正经过。于是回答他，知道了，边说边继续走。可他叫我们跟他到家里去拿假条，这倒让我奇怪得很，他什么时候变得这么循规蹈矩了？还晓得请假？还要正儿八经交假条！一般违反常规的事会让我很警惕，他越让我们跟他走，我们越不去，叫他自己把假条交给老师，然后赶紧掉头走了。后来听别人说，当时马路对面有一大群无所事事的男孩子，都是他的同伙，打赌看他能不能把我们叫过去，赌金两元。结果他输了，还被嘲笑了。

有时候，我和同学们会相约爬山、野炊、逛校园、看足球赛。那阵子，女生观看足球赛的很少。因为 Y 是文体委员，作为她的好友，我得友情陪同。于是在整个看台上，就只有我们两个女生。

后来，父母吵架的次数越来越多，隔壁邻居被闹烦了，搬走了。新搬来的那家主妇很泼辣，这下针尖对麦芒，一天吵得不可开交，不是“打内战”就是“打外仗”。我的心情因此越来越差，性格也越来越封闭，不再愿意参加社会活动，成天就闷在家里。

我是重庆市高 73 级试点高中的学生，全重庆市只有 8 个班，设在我的初中学校里。后来又扩招了 4 个班，共 12 个班。读高中时，我忧郁的性格更加突出，趁一次患重感冒、一个多月没上学之机，我辞去了副班长的职务。

学校家里“一条线”，我开始不爱说话，也不愿意和人交往，只和邻街的 Z 同学做朋友。我俩每天早上一起上学，中午一起吃饭，下午一起放学。我记得，在侧校门处，有一家小饭馆。我俩很少去学校食堂吃饭，每天中午就到这家小饭馆吃饭，点上一份炒肉片。由于炒菜师傅是她父亲的朋友，所以肉片分量往往很足。春夏季节，Z 同学还会从家里带上她母亲做的凉拌黄瓜加洋葱。她母亲厨艺太好了，每天这道凉拌菜都被一扫而光。我从来不对她讲自己家庭的任何事情，也从没带她进过自家的门，主要是怕遇上我父母吵架。这位同学是个很乖巧且很会处事的人，从来没有问过我家里的任何事情，也从未到我家去找过我。我打心底里喜欢她！

高中班上的大多数同学都是干部子女，其中一些人优越感比较强。我本来就不爱说话，也不愿像有的同学那样跟在他们后面打旋旋[①]，经常独来独往。只有老师们对我另眼相待，因为我的学习成绩很好。尤其是语文老师，他是班主任，又是教研组长。有一次作文课，他让同学们阅读《小将》这篇文章并写一篇评论文。看了我写的评论文，语文老师发愁了，不给满分吧，说不过去，实在是写得好。给满分吧，好像没有这种先例，作文哪能不扣点分呢？怎么办呢？于是他专门召集语文教研组全体老师开会讨论。老师们看了文章，逐字逐句点评，最后一起给我打了满分。

① 意为“当跟班”。

这件事在学校引起轰动了，几乎人人皆知。哥哥一位战友的弟弟在学校读初中，回家把这件事告诉了他哥哥："这个姐姐好厉害哦，作文得了满分!"那时，一直有谣传说我父亲是《重庆日报》的总编辑，所以我的文章得满分也就不奇怪了。后来，我初中L同学的姐姐知道了，想要看那篇文章，可我当初就没保存，连草稿都扔掉了。我就是这样，从来都是自由成长，没有压力，没有目标，也没有计划。

我对数学也情有独钟。教我们高中数学的L老师是重庆市特级教师，她上课讲得很透，擅于启发学生们开动脑筋。这让我对解数学题产生了浓厚的兴趣，所以，我的数学成绩也经常是满分。

高中毕业后，我下乡当知识青年（简称"知青"）。高考前，我和很多人一样，集中"火力"做历届高考试卷。可想而知，像我们这种没有什么扎实基础的人，不少数学题完全不会做。于是，我便去向L老师请教。虽然时隔数年，但是L老师还认识我，听了我的来意，她斩钉截铁地说："你现在一门心思去解你没学过的难题，大错特错了！从现在起，不要去做这些题了，把以前学过的课本认认真真看，看完一遍看两遍，看完两遍看三遍，直到滚瓜烂熟！这次高考题肯定会以课本为主，难题（思考题）不会太多。千万别把宝贵的时间拿去抓那点芝麻了！”我这才恍然大悟。

后来高考时，我尝到了甜头，尽管我的每科试卷都没做完，但做了的题正确率高，最终总分超过了录取线，我被四川医学院（现四川大学华西医学中心）录取。这一生，我特别感谢 L 老师。

我的知青时代

我高中毕业时，知识青年上山下乡运动已接近尾声。曾有传言，我们这批“文革”后的第一届试点高中生，毕业时不必上山下乡，可以直接报考大学。可等到毕业时，既没有让我们直接报考大学，也没有动员我们上山下乡。我们这一届学生，毕业于一月，就好像寒冬里飘零的片片落叶，掉在地上再也无人问津。

当时，大学招收的都是工农兵学员。如果想上大学，就得先当工人、农民或军人，然后再争取被选送成为工农兵学员。

我一门心思想读大学。但厂里的工人很多，机会很少；当女兵很难，机会也很少；只有下乡务农是不受限制的。所以，许多同学都选择了自愿上山下乡当农民，我也是其中一员。我回到母亲的老家，成为一名插队知青。

不知是农村的清新空气、纯净井水、鲜蔬杂粮滋养了我的身体，还是农村的体力劳动强壮了我的体魄。总之，我吃得下，也睡得着，原本瘦弱的身体不知不觉发生了变化，我变得不胖不瘦，合适得很。有一次，在乡镇小学代课的时候，我的知青好友 H 从家里带来了豆腐乳，由于太好吃了，我一顿吃了八两①饭。如果不是考虑到憨吃傻胀太不像话，我还能再吃二两呢！

在乡下，我体会到了农村生活的艰苦和农民生活的不易。芭蕾舞剧《白毛女》的序曲就写道：“看人间，哪一块土地不是我们开？哪一片山林不是我们栽？哪一间房屋不是我们盖？哪一亩②庄稼不是我们血汗灌溉？”可是，他们成年劳累，却吃不上几顿饱饭，只有“打牙祭”才能吃回肉。为了节约煤

① 1 两等于 50 克。
② 1 亩约等于 666.7 平方米。

油，晚上吃完饭、喂完猪，就熄灯睡觉了。青黄不接的时候，许多人家都缺粮，想得到办法的借粮吃，想不到办法的就节衣缩食，一天只吃两顿，甚至只吃一顿“对时饭”，而且只能喝稀饭。农村的卫生条件差，房前屋后大多是猪圈牛棚或茅厕粪坑。夏天的蚊虫特别可怕，咬得人体无完肤。城乡差别真是太大了。

我下乡时 17 岁，挂钩落户的生产队很小，全队只有 98 人，据说从来没有超过 100 人，没有接收过知青，也没有现成的闲置房屋。几个队干部研究后，决定把位于毛家大院的生产队的粮仓腾出一间给我住。

第一次插秧，大约是四月初，天气温暖舒适，霜雪无踪，天地之间变得豁然开朗。天空非常明净，树木庄稼长得水灵灵、绿油油的。暖风拂面，万物都充满盎然生机。在沙湾，那儿没有蚂蟥。我先在田边观看，几个姑娘左手拿秧，右手插秧，动作飞快，横平竖直，一会儿就插了一大片。我觉得挺好玩，就下田跟着学，可动作慢多了，插的秧苗也没有那么整齐，还整得我腰酸背痛。几天下来，我终于可以跟上社员们的速度了，他们夸我：“知识青年就是不同，秧子插得直直的。”

“人家写字都写得直，插秧当然也插得直!”我看着自己插的秧子，别说，还真像那么回事儿!

五月，晴空万里，阳光明媚。一眼望去，对面公社小学操场上的人影清晰可见。庄稼地里的苞谷亭亭玉立，穿着碧绿的衣裳，在和煦的微风中婆娑起舞。麦子已经熟透了，麦田一片金黄。割麦子，这个不难，我马上就学会了，可就是手太小，一把抓不住几根麦苗，动作也生疏得很，不一会儿，就被甩在了后面。太阳似乎越来越辣，我满脸通红，汗如雨下。麦苗叶儿不经意地划在脸上，给汗水一浸，又刺又痛，弄得脸上红一道白一道的。不知是汗水流进了眼里，还是泪水溢出眼眶混进了汗里，眼睛涩涩的，老也擦不清爽。我觉得割麦子比插秧难受多了。多亏了M大姐从前面返回来帮我，我顿时感觉一股清凉的微风迎面吹来……

这天，我跟着社员们去薅秧。我们把裤脚挽得高高的，脱掉鞋子，赤脚下田，然后拄着竹竿，排成一排，一面用脚擦抹秧苗周围的泥土，一面用手拔掉田里的杂草。社员们告诉我这块田里有蚂蟥，要多加小心。这可把我吓坏了，哪里还有心思薅秧，眼睛前后左右扫描，生怕被蚂蟥咬了。突然，我看见身后有一条蚂蟥正扭动着身躯径直游过来，我立刻大叫：“哎呀！有蚂蟥，快帮我把它挡住！”边喊边朝田坎爬去。田里的泥土又软又滑，我手忙脚乱，身体失衡，险些摔倒。社员们乐得哈哈大笑。我看见几个社员的小腿上已经有血流出来了。后来，任谁怎么劝说，我再也不敢下田了。众人同情我，便说：“算了算了，干脆你不要下来了，快去找个碗，装点石灰端来，帮我们消灭蚂蟥吧。”我如获大赦，飞快地向不远处的毛家院子跑去……

这一下乡就是两年多。按当地的规定，下乡时间两年以上的才有被择优推荐读书的资格（工农兵学员）。我没有强壮的体格，也没有豪言壮语，只有默默地做一些力所能及、与众不同的事情来表达自己想读书的愿望。别的知青们一有机会就跑回城里玩一段时间，一年总要回城三五次。可我每年只在过年的时候回城。别的女青年都不愿晒谷子，怕晒黑了不好看。而我却和几个大娘一起，在光秃秃的山梁上晒了整整一个夏季的谷子。夏季过了，我到县城去赶场，人人都说我晒黑了。生活的艰苦，我都能忍受下来，但最不能忍受的是，每当翻动谷粒的间隙，坐在山梁上遥望远处层层叠叠的山峦，眼泪总是情不自禁地涌出眼眶。不知远山的那边是否是重庆。故乡，我是多么的想念你啊！不知何年何月才能回到你的怀抱……

还好，就像《悲惨世界》里弱小无助的珂赛特一样，我也常常得到幸运之神的关照。我们生产队附近的公社小学常有老师因事请假，大多是女老师休产假。每到这时，我就被找去代课。课程多种多样，语文、算数、物理、化学、政治、音乐、体育……什么课都上。学生年龄跨度大，从小学一年级到初中三年级都有。有些中学生，比我小不了几岁，有的初三男生比我还高出一头。我得控制住自己胆怯紧张的情绪，控制住自己颤抖的声音，在讲台上一板一眼地发挥。代课每天可得8角钱，交4角钱给生产队，记10分工分，相当于全劳动力干一天的农活儿（我是半劳力，干一天只有5分）。剩下4角钱就是自己的零用钱了，很不错的！

这些经历，极大地锻炼了我的胆识。在这里，我遇到了最用功争气的学生，他们后来都考上了大学。当然，也遇到了最不爱学习的学生。那是个读三年级的男孩子，我布置的作文，他写得毫无章法。于是我在他的作文最后打了一把大大的红“×”，批上“重做”二字。他把作文本再交上来的时候，我忍不住捧腹大笑，办公室的老师们看了，也都大笑不止，上面写着：“……目公市店甲尿号，羊二天地，是兵小兵。×重做！”可以说，学了三年，他基本不识字，整篇作文是他东一个字西一个字抄下来的，他既不认识，也不知其意。与修改前的不同之处，就是在末尾多抄了“×重做”三个字。可是笑到后来，我笑不出来了，这样的学生，该如何教呢？

在小学代课的日子是我这个时期最开心的时候。学校的炊事员是一位武胜县女知青 H，很快我们就成为无话不谈、形影不离的好朋友。白天同吃，晚上同住。每天晚上和星期天，我不用上课，她不用煮饭，我们就唱歌、跳舞、玩耍。通常我弹脚踏风琴，她唱歌。那段时间，我弹风琴的技术快速提升，无师自通地弹会了 2/4、3/4 和 4/4 的简单和弦。

这段时光里，H 给了我许许多多的帮助，在我的脑海中留下了很多记忆。一次，我胃部剧痛，到县医院看病说是胃溃疡，吃了医生开的药效果也不大好，每顿饭后依然疼得我在床上打滚。我知道吃了饭会疼，但是又不能不吃饭，就这么无可奈何！就这么翻来复去疼得昏天黑地！H 每天都来看我，可她也只能帮我倒水、端水、拿药，又不能替我疼，只有干着急。星期天一早，她提着个篮子来了，说是打听到一位专治胃病的名老中医，有家传秘方，很多人都慕名前去找他看病。我支撑着身体跟 H 找到医生，他开了三副中药叫我回家熬来吃。这时，H 打开手里提着的篮子，竟是满满一篮子鸡蛋！她把鸡蛋送给老医生表示感谢。老医生转身从枕下摸出三个小包说："这是药引子，每副中药放入一包煎熬。记住两年内不要吃醪糟，胃病便可永不复发。"果然，胃病从此断了根。为了感谢 H，当年我回家过年时邀请她到重庆玩了一趟。

第二年，全国招生制度改革，恢复了高考。由于那年是冬季考试，春季开学，我考完试便回家过年，过了年就离家读书去了，因此和她失去了联系。大一那年一放暑假，我就专门返乡去找她，可是没人知道她的下落。过了几年，我突然想起，可以写封信到她原来当炊事员的那个学校去啊，没准转来转去会转到她手里呢。如果查无此人，信也会退回来的。信是写了，但有去无回，既没收到她的回信，也没收到退回来的信件，犹如石沉大海。

后来才听她说，信是转到她手上了的，当时她正在坐月子，就没给我回信。可我这边还在使劲儿找啊找，但凡碰到武胜县来的亲朋好友，我都会询问一下有关她的消息。结果却令人失望，不是不认识她，就是不知道她去了哪儿。直到退休以后，我还一直在寻找她，在网上发过帖，在微信上留过言，都没有结果，真有大海捞针的感觉。有一次，我对亲家母讲起了这段故事，她听完后，叫我找熟人到武胜县公安局去查一下，如果她还在武胜县，肯定找得到。我突然想起，一位大学同学是武胜县人，便抱着试一试的心态给这位同学发了个短信。虽然她们并不认识，但根据我提供的信息，居然很快就找到了。世界真奇妙，说大真大，说小真小！

当我们接通电话时，她说，无数次在梦中见到我。顿时，我泪眼婆娑……

大概是当知青两年后，我认识了 B 知青。我俩一见如故，很快就成为好朋友。星期天，我只要到县城去赶场，肯定会到她家去玩，记得她家住在县委农工部家属区。她妈妈是县委农工部的一位干部，和蔼可亲，知书达理。我觉得她妈妈更像一位大学老师，经常和我轻言细语地拉家常。听说她妈妈目前在南充居住，80 多岁了，身体很好，生活也能自理，子女们很孝顺，专门给她请了保姆。她妈妈真是一位福如东海的慈祥老人！

B 家有一本菜谱，每当我去玩，她就会翻开菜谱照着做几样拿手菜，比如黄豆红烧兔，既好吃又营养。几十年过去了，我还记得那道菜的样子和味道。

B 最敬佩的是她的二姨。我看过她二姨的照片，她是一位漂亮洋气的高个女子，毕业于四川医学院，与北京电影制片厂一位摄影师结婚后调到北京去了。后来我也考上了四川医学院，B 考上了四川一所著名的财经大学，毕业后留校了。

* * * * *

当知青第三年时，县委举办“农业学大寨”展览，抽调了8 名知青当解说员，都是些五官端正的女知青，我也被抽去了。说实话，我不适合当解说员，声音既不洪亮，普通话也不标准。但是没有人让我回去，我就厚着脸皮继续干下去了。大家同吃同住同解说，建立了淳朴的感情。分别时，我和两名同伴去照像馆拍了张合影。

年底要召开全县“农业学大寨”会议，上至县委书记，下至每个生产队小队长都要参会，规模空前。县委宣传部秘书不够用了，就在5个区各抽调一名知青去赶写文章。

两个月的时间，我们跟着县知青办主任跑了几个区，下了若干队，专门采访知识青年在“农业学大寨”中的先进事迹，编写成会议资料。采访过程中，我印象最深的是万善区的一位女知青，她皮肤白皙，长相秀丽，腼腆怕羞，下乡不久和同队的一个返乡知青好上了，两人很般配。小伙子长得高高大大，一表人才，知书达理，言行举止非常得体。婚后，两个人过着幸福美满的生活。

当时我们5个知青中Z来自万善区。他中等个子，大概有一米七四，文质彬彬，细眉细眼像个女生。他总是穿一双带网眼的球鞋，可能爱运动吧。他有事无事爱和我说话，而我不爱说话，尤其不爱和男生说话，所以经常都是东一句西一句，有上句没下句的。开完会议后，我们完成县委宣传部布置的任务，回到各自的生产队。他给我来了一封信，看得我脸上发热。我很沉着，我的目标是读大学，然后回重庆，还要想办法把爸爸妈妈的关系搞好，劝他们不要吵架了，等自己退休了还要安享晚年。所以，我没回信，很快就把这事忘记了。

有时，县知青办、公社办公室也会抽调我去突击写文案。和代课一样，我每天可得 8 角钱补助，缴 4 角钱给生产队记 10 个工分，剩下的 4 角钱就归自己了。

凡是县里抽调我去帮忙，都安排我住在县委招待所，各地来招工的人员也住在这里。有一次，两位前来招工的女老师和我同住一屋。她们对我的印象很好，问我愿不愿意去工作，我直接谢绝了，因为我想读书。

1977 年高考恢复了，这是“文革”以来的第一次全国大学统招，招收对象从老三届①、新三届②、往届到应届毕业生，年龄跨度十几年，录取比例非常小，据说仅为百分之四点几。

尽管我把高中的教材看了又看，但对于饱受“读书无用论”影响的我们这代人，学习教材之简单，学习基础之差，考场经验之少，考试情况可想而知。上了考场，我紧张得脑子一片空白，眼也花了，笔也拿不稳了，字也写不好了，答题速度也慢了。语文、数学、物理、化学没有哪一科试卷是做完了

① 指 1966 届、1967 届、1968 届三届的初中、高中学生。

② 指 1966 届、1967 届、1968 届三届的小学生。

的，做了的题也不知道能对多少。考完下来，我的自信心被彻底打击，对所有亲朋好友的关心询问，我只有一句话："这次考得不好，明年再考吧。"

但没想到的是，一个月后，通知下来了，分数上了录取线。原来这次普遍考得不好，我的考分还算"矮子里面充高个"。

这以后，我又鬼使神差地接连犯了一般人不会犯的所谓的低级"错误"。填写体检表时，我在"既往病史"一栏，填上了"小时候得过传染性肝炎"。填写志愿表时，我在"是否愿意服从国家分配"一栏，填了"不愿意服从国家分配"。有些人都认为我太傻了。"不愿说谎话，可以空着不填嘛，何必非要实话实说呢?""国家分配都不愿意服从的人，国家还培养你干什么呢?""你这个人平时看起来挺聪明的，关键时刻咋个这么傻哟!"

"当老实人，做老实事，说老实话。"诚实的我不仅接到了大学录取通知书，而且还是我意想不到的重点大学——四川医学院的录取通知书。其实我没敢填报重点大学，能考上是因为那是恢复高考制度的第一年，没按个人志愿录取，而是按分数的高低，由重点高校到普通高校逐级遴选。这样，我便获得了被重点大学录取的机会。

后来我才知道，当初招收我的 L 老师的确是犹豫再三才将我录取的，她说："看着你的资料和照片，我想，这么文文静静的人，怎么看也是个本分人，绝不是个'愣头青'。你不愿意服从国家分配，肯定有个中原因。还是收了吧。"

感谢慧眼识珠的 L 老师！我终于圆了自己的梦，考上了大学。

我的大学时代

在去成都报到的火车上，我碰到了 W 同学，我俩互报了家门，结果发现是同级同系同专业！我们立马就成为好朋友，上课和下课形影不离。星期天我们常常结伴去逛街，改善伙食。她有北方血统，喜欢吃面条，我是正宗四川血统，喜欢吃饭菜。于是我俩约定，一周吃面条，一周吃饭菜，轮流着来。我们在成都经常逛的地方是人民南路和春熙路，经常吃的饮食是豆花面和鱼香肉丝。学校侧校门旁有一个小面馆，那是我俩星期天早上经常光顾的地方。我俩睡个懒觉后再到小面馆，点两碗抄手作为我们的美餐。

大四临床实习的时候，W 同学被安排在华西附一院实习，她管的病人中有一个是当时某学院的院长，该学院就在我们学校的隔壁。W 同学身材高挑，相貌出众，性格又温婉谦和，3 个月实习期不到，这位院长和其夫人就不约而同地看上了这个“准媳妇”。W 同学比我聪明，比我刻苦，成绩优秀，英语特别棒。她本科毕业后考取了本校本系的硕士研究生，后又接着读博，再后来去了美国哈佛大学，当上了哈佛大学的教授。

刚进大学那阵，基础课程多，需要背的东西也多，而我最讨厌死记硬背，所以感觉很不适应，成绩老是上不去，每次考试测验分数都是刚刚及格或者只高出及格线一点点。沉重的学习负担压得我喘不过气来，成绩不好又让我焦虑不安，从小到大我还没有这样掉过队。渐渐地，我开始出现失眠症状，甚至有时通宵都睡不着。听说一班的 Z 师姐也是这样，但她不服输，起早贪黑地和小青年们较劲。那段时间，我是校医室的常客，我相信中医，经常到中医室去看病，医生习惯性地给我开病号伙食，因此我也是病号伙食团的常客。

大一下期的某一天，Z 师姐开始出现神经衰弱症状，说话和做事有点不大正常了，系领导研究后，建议其休学，让她丈夫把她接回了家。这件事给我的感悟是：一是要提高心理素质，坚持到底；二是身体第一，学习第二。

我们寝室有一个我的“同类项”，也姓 W。她身体很单薄，学习也不刻苦，她妈妈每次来探望她时都说：“没有高要求，60 分万岁！”所以，后来我就心安理得和 W 同学一起读书和休闲。别人晚上都出去占座位上自习，我俩晚饭后在寝室看一小时的书，然后就开始东摸西搞。只要有好看的电视剧，天天都看，《加里森敢死队》就是这样一集不落看完的。那段时间，我俩就感觉在和加里森敢死队一起亡命天涯。我俩还经常到校外活动，印象中去成都体育馆观看过为中国体操拿下首个世界冠军的马艳红的体操表演，到锦江宾馆附近的锦江饭店品尝过木耳肉片，到四川音乐学院音乐厅欣赏过英国某室内乐团演出的音乐会……

后来，由于我比较会“打定子①”，经常猜中考试题，再加上老师们“善待”学生，让我越来越不怕考试，成绩也有所提高。给我们上诊断学基础课的老师是 S 老师。她身材高挑，形象好，站在讲台上，有很强的凝聚力，总是能把大家的目光都吸引住。

期末，诊断学基础课考试有一道题是根据心脏杂音进行诊断，患者心尖区可听到收缩期杂音。我慌慌忙忙地答题，诊断为风湿性二尖瓣狭窄。那天我正好坐在靠过道的座位，监考的 S 老师从我身边走过，停下来，站了一会儿，走过去了。转了一圈，她又在我旁边停下来。我有点紧张，不敢抬头，只顾急急忙忙往后面做题。可能她“恨铁不成钢”，实在忍不住了，伸出手在我试卷那道题上敲了两下。我赶紧重新审查那道题，这一看吓了我一大跳：完全搞错了，正确答案应该是风湿性二尖瓣关闭不全。

这件事深深地刻在了我的记忆中。其实，S 老师若不提醒我，我没考好也会得到深刻的教训，从此再也不会忘记这道

① 此处意为“猜题”。

题。虽然同样都会是教训，但人的心情却截然不同，一个是沮丧的，另一个却是非常美好的。几十年过去了，我常常想，S老师为什么要这样做呢？她应该是不愿意把学生“考倒”，而是想让学生“学到”。这可能才是真正的“传道授业解惑”吧！

大一至大三上的课都是基础课，是考背功的，我的成绩一直不咋样。到了大四，医学实习，不用背了，遇到问题可以翻书查资料了，这下我如鱼得水。同学们都不知道原来我也有这么厉害的时候，他们说这是“学得活，不读死书”，我非常赞同。

儿科实习时，由于病人多、工作忙，儿科主治医生J医生出了错。他在门诊看到患儿的脸蛋呈“高原红”，且患儿家住西藏，就以“高原性心脏病”收入院了。我写入院病历要做常规体检，听诊时，除了心脏杂音外，我还听到患儿的股动脉有“枪击声”，这是先天性心脏病“动脉导管未闭”的典型体征。我反复听了3次，确定无疑，就把病人的诊断报告修改成“先天心脏病（动脉导管未闭）”。第二天一早，赶在查房前，我向J医生做了汇报，他马上去看了病人，并确诊为“先天性心脏病”。在查房时，他就这个病例告诫大家：“学医一定不能粗心大意啊!”我觉得J医生真是一个好的医者，知错就改，认真务实。

哦，还有中医见习，也值得写一笔。我从小就喜欢中医，因为“文革”期间我在武胜县患过黄疸型肝炎，当时没看西医，吃了两个月中药就痊愈了。后来也是中医治好了我的胃病，因此我十分相信中医，所以在大学上中医课时，我比其他同学更专注、更努力，望闻问切熟练操作，中医汤头背得滚瓜烂熟。到中医科见习时，其他同学的诊断报告和处方，带习老师都要修改，只有我的诊断报告和处方，老师不用改。

我在四川医学院附属职业病防治院（现四川大学华西第四医院）内科病房开始内科实习。住院医生是Q医生，主治医生是J医生，病房主任是L主任。由于我身体单薄，还有点晕血，曾经在外科手术见习和产科人流见习时两次晕倒，所以班干部与老师们沟通后，减轻了我的工作量，只安排我管两个病人（其他同学每人管四个）。写到此，我不禁泪目，真诚感谢当年体贴、帮助过我的老师和同学们!

我管的两个病人中，李姓病员 50 多岁，已经住院 3 个多月了。前一轮实习生以“咳嗽发热，肺部块影待诊”将其收入院，尚未明确诊断，只是高度怀疑是肺结核，拟作抗结核治疗。我接手后，见他的主要症状是咳嗽、咳痰。我想，3 个多月的抗菌治疗没有明显疗效，应该关注一下他的痰液。两天后，我在他的痰液中发现一小块带血的肉样物质，便赶紧将其送去病检，被告知 3 天后才能取得病理报告。由于这个病人一直没有确诊，内科病房决定提交全科病案大讨论，那天正是取得病理报告的前一天。我汇报了病人的病案，进行了鉴别诊断，最后提出了疑诊：“肺癌?”由于论证和论据比较充分，其他医生都没有异议，L 主任总结发言，也说要高度关注是不是肺癌。第二天，病理检查结果出来了，确认是肺癌（鳞状细胞癌）。

另一个王姓病人 60 多岁，石棉厂退休工人，主要症状是咳嗽、气短、胸痛。我根据职业病专业知识判断，他应该是由于在工作中长期吸入石棉粉尘导致的肺恶性间皮瘤，症状也符合。通过胸膜腔穿刺术做病理检查后，我的推断被证实了。

不仅是我自己，大家都觉得，进入实习后我好像变了一个人，变得能够积极思考并主动参与医疗学习与实践了。

大五是我们 77 级的专业学习和实习阶段。我那时虽然年轻，但知道专业学习的重要性，它与我们今后的工作紧密相关。心态决定状态，学习有劲头了，我门门功课实习测评都是优秀。

印象较深刻的是在毒理学实习时，对某一物质进行致畸试验。这种物质会引起染色体异常，但是大家在制作涂片后，用高倍显微镜观察时都反复遇到同一个问题——染色体看不清楚，无法计数，发现不了问题。我想："是不是应该将涂片染色后用水冲，再立即放到显微镜下观察呢？"否则，等涂片干了，染色体缩水后就不清晰了。于是我马上动手重新将涂片染色，用水冲洗后立即放到显微镜下观察。嘿！这下思路对了，染色体的变异清晰可见。带习老师马上叫同学们效仿，我当时别提有多高兴了！

在该职业病防治院职业病科进行劳动卫生与职业病实习时，大家都比较喜欢我。M 老师说我脑子活络、口齿伶俐，适合搞教学，也说我逻辑思维能力强，分析解决问题的能力强，还可以搞科研。C 医生则说我的职业病知识掌握得很扎实，毕业后回重庆，分配到重庆市职业病防治院去，争取进入重庆市职业病诊断专家组。这句话我听进去了！

我的工作

毕业后我被分到重庆市人事局等待再分配。我抓紧时间打听重庆市职业病防治院在哪里，原来在綦江县（现重庆市綦江区）三江镇，够偏远了！我决定亲临现场去看一看医院的状况。早晨起来，乘火车到达綦江县城，不巧，没有赶上到三江镇的汽车。听说沿铁路线走，二十多里[①]路就到了，重庆市职业病防治院就在铁路边上。我硬是一步一步数着枕木走到了位于三江镇的职业病防治院，累得我只大概看了一下医院的情况就乘车返回了。医院很小，设备简陋。但那里的医生护士们告诉我，医院马上就要搬迁到重庆城里去了，到时候“鸟枪换炮”，一切都是新的。

我就像鬼迷心窍一样，铁了心要去职业病防治院，管它在

① 1 里等于 500 米。

热闹喧嚣的大城市，还是在偏远的小乡镇。后来人事局把我分配到江北区防疫站，我想去职业病防治院的愿望破灭了。

在江北区防疫站，我被再分配到卫生科，卫生科分管工业卫生、学校卫生、环境卫生三个方面。去了以后我才知道，防疫站的工作很不适合我的个性。防疫站工作主要是动腿和动嘴，下基层到处检查督导工作。而我喜欢在室内工作，喜欢动手，不喜欢动腿，好静不好动，不爱说话。因此，我非常不喜欢在防疫站工作。于是我开始打主意调动工作，并不再考虑三江镇的重庆市职业病防治院了。

我是土生土长的沙坪坝人，我的两位大学同学 Q 和 Z 都分配到了沙坪坝的药剂学校。Z 已结婚，家务事较多，见面的机会几乎没有。Q 同学是外地的，住在单身宿舍。她学校才分配去的年轻老师们组成了一个“单身汉协会”。协会里的这群人有的风度翩翩、气宇轩昂、英姿焕发、风流儒雅；有的大方热情、性格开朗、大大咧咧、莽莽撞撞。他们经常组织活动，几乎每周星期天，不是我到药剂学校去找 Q 玩，就是她约我去玩。沙坪坝只有一家市属医疗卫生单位——重庆市肿瘤医院，紧邻药剂学校，我打定了主意要调去这家医院。

现在想来，觉得那时候好有“闯劲”啊！居然只身一人去重庆市肿瘤医院“考察”。那天，正好在住院部门口碰到大学时医学系的一位同学 S，她听说我想调过去，便告诉我流行病学室刚成立，正好差人，找医务科 W 科长肯定能行。

第二天我直接找到医务科，它在一栋陈旧的两层楼底楼的第一间屋。我在门口看见窗边有两张并在一起的办公桌，面朝门口的座位上坐着一位神态威严、风度翩翩的男士，正在伏案写着什么。我站在门口问：“请问这是医务科吗？”那位男士头也不抬：“啥子事？”我看他没有请我进去的意思，就自己走进去说明了来意。这时那位男士才抬起头来，问了我几个问题：什么学历、哪里毕业、何时毕业、目前在哪里工作。最后说：“我们流行病学室正需要人，等两天你来考试，然后再决定要不要你。”原来，他就是 W 科长。考完试后，重庆市肿瘤医院就把我从江北区防疫站调了进来。原以为调动工作很难，没想到我就这么单枪匹马地过了关。

后来，W 科长告诉我，当时重庆市肿瘤医院是刚由重庆市第二工人医院改建而来的，流行病学室正差人，那天我一去，他就看中我了。我心里一阵窃喜，真是天遂人愿！W 科长是重庆市肿瘤流行病学界的元老，是重庆市参加全国恶性肿瘤回顾性调查（1970—1979 年）的组织者和带头人。他积极建议并筹备把第二工人医院改建成肿瘤医院，很快获得了成功。我知道，没有他就没有今天的重庆市肿瘤医院，也就没有我在肿瘤医院的一席之地。我很感谢他。

调到重庆市肿瘤医院流行病学室一个月后，我被派到上海第一医学院（现复旦大学上海医学院）参加卫生部（现为国家卫生和计划生育委员会，简称卫计委）举办的全国肿瘤流行病学与血清流行病学学习班。当时大学同学 S 在上海瑞金医院工作，由于没有电话无法联系，我便亲自去医院找她。久别重逢，我俩非常高兴。星期天，我们去上海市南京路逛商店，她负责翻译上海话，帮我向商店服务员咨询“成人长袖裙子有吗?”“绣花女童春秋套装有吗?”“绣花女童裙子有吗?”就这样完成了别人托我代购衣服的任务。分别时，她说下次碰面给我带一瓶自制的油辣椒来，因为我是川妹子（当时重庆市还不是直辖市）。虽然我从小习惯清淡的饮食，并不爱吃辣，但 S 同学的举动着实让身在外地的我感到温暖。后来，S 同学去了美国，在美国亚特兰大的疾病控制与报告中心工作。

两个月后，我基本上能听懂并且能说比较简单的、常用的上海话了。所以，我到上海橡胶厂开展流行病学调查时，便可以直接用上海话向工人师傅们提问。

就在学习班快结束的时候，大学同学 Y 来到上海第一医学院。她是卫生部举办的下一个学习班的辅导员，被派到我班听课，了解情况和积累经验。真没想到，短短三个月时间，我居然有机会见到了两位天各一方的大学同学！Y 同学读书时是生活委员，很会关心人。在我学习结束回重庆那天，Y 同学提着行李箱亲自送我到列车上，真有依依惜别的感觉。

紧接着，我参加了重庆市第二届计算机运用与普及培训班。班上有个小男生比我小八九岁吧，很阳光，很开朗，乐于助人，多才多艺。从他那里，我学会了跳迪斯科，很帅气的迪斯科！每当我俩上场，大家几乎都不跳了，只是静静地围着，看我们跳。后来，无论我在哪里跳，都会吸引一大圈人。在我们单位的多功能厅，我曾经和一位来院培训的法国小伙子跳了一曲迪斯科，几乎整场舞会，他都只和我一个人跳。后来，我在单位成了跳舞“No. 1”。

那段时间，我和药剂学校的 Q 同学关系很铁。因为她的家在石家庄，而她孤身一人在重庆。又由于我的父母到父亲老家去了，哥哥早已结婚，我也是形单影只，再加上我们两人的单位相邻，所以我们经常在一起。

别看 Q 同学比我小四岁，在校时从不多言多语，却经常“吓”人一大跳。有一次统计学考试，班上好多同学都只考了六七十分，而她居然得了九十几分！我们学习小组的男同学马上送给她一个挺洋气的绰号——New Star。

在药剂学校，我们还有一个伙伴，是和 Q 同寝室的 Z。她是成都人，很会做吃的，例如京酱肉丝、爆炒鳝鱼片、回锅肉等，色香味俱全，完全是饭店级的水平，就连端午节的粽子她都可以包成清水、猪肉、豆沙等多种口味的。所以只要一到周末，我就情不自禁地想去蹭一顿。有一天，我们三个人不怕路远，相约到位于重庆市北碚区的西南师范学院（现已与原西南农业大学合并为西南大学）游玩。这个学校很大，而且风景优美，我们拍了很多照片。

但不久后，Q 就调回父母身边，去了位于石家庄的河北医学院（现与原石家庄高等专科学校、原石家庄卫生学校合并为河北医科大学）。再后来她去了美国。

此外，我和分配在四川达县（现四川省达州市）的 L 同学联系也较多。在校期间，她和我并不是同一个寝室的，我也忘了为什么我俩会成为好友。她擅长绘画，喜欢画人物肖像，我当过她的模特儿，她给我画过两张特写。她也经常让人出其不意，比如有一次化学考试，她居然得了非常高的分，思考题都没怎么难住她。大家这才发现她的化学学得这么好！

毕业时，她被分配到四川达县卫生学校（现达州卫生学校）。那时候电话没普及，我俩经常写信联系，大概就是摆谈一下近况，说些打气鼓励之类的话吧。有一次，她父亲从河南来重庆，由于重庆离达州很近，她决定到重庆来看她父亲，顺便与我见面。她写信把这个计划告诉我，我高兴了整整一周。她父亲是位军人，来重庆后住在部队的招待所里。她也住在那里。我到招待所去看她，她叫我别回去了，于是我就和她住在小卧室。那天晚上，我们有摆不完的龙门阵，通宵没睡觉，一直聊到天亮。

后来，她调回父母身边，去了河南医学院（现郑州大学医学院）。再后来去了加拿大。

* * * * *

上世纪末[①]有段时间，隔壁药剂学校的学生食堂承包给了私人，搞得很不错，菜品丰富，味道也好，每天中午我们单位不能回家的职工都到这里去吃饭。饭菜虽好，但饭后不能午休，时间太难挨。有一天，我碰到了久违的大学同学Z，她热情地邀请我去她家吃饭。她非常好客，且善解人意。我们摆了很多家长里短、油盐酱醋的龙门阵。饭后她又请我在她家午休，我当然愿意。后来，她说只要我愿意，以后每天中午都可以到她家吃饭和午休。我感叹又遇贵人相助，对于每天都要坐班、无法午休的我来说，这是多么暖心的话啊！

开始她住在两居室，厨房是加在屋对面的。她丈夫早出晚归，但每逢周三休息时，就准备好几天的饭菜，备在那里供她吃。后来，她搬家去住了河边两室一厅的房子。由于她女儿住

---

① 指20世纪末。

校，白天只有她一个人在家，我就在她女儿的房间午休。夏天，经常是我还没走到她家，她就把我休息的房间的空调打开，让房间先凉下来。冬天，她为我打开床上的电热毯，让我一进被窝就能安然入睡。有时她要到苗儿石去看望她的母亲，就留给我一把钥匙，并提前把饭菜备好放在冰箱里。我在她家，就像在自己家里一样舒服，一样惬意！

她很喜欢打麻将，经常有人午饭后来她家打麻将。他们在客厅里打得热火朝天，我在卧室里休息。有时候，他们“三缺一”，就劝我上桌，可我对麻将没有一点兴趣，宁愿闭目养神。

Z 不仅在家里是个典型的贤妻良母，而且在学校里也让学生们如沐春风。学生的学习成绩她要管，学生的操行表现她要管，学生的恋爱婚姻她要管，学生的就业去向她要管，学生生病她也要管，甚至有的学生每月的生活费都请她代为保管。“她就像我们的妈妈一样”，学生们说的这话一点也不过分。

那天，Z 听说她的学生 C 和另一个同学在耍朋友[1]。换了别的老师，一定会把学生训斥一顿，可她是学生们的“妈妈”，她不会这样。她把 C 请到家里，仔细询问了情况，和颜悦色地说：“要说呢，按你的年龄、条件，若遇到合适的对象也该考虑个人大事了。但从目前的情况来看，你们双方的能力、条件都还不成熟，是不是应当保持一个合适的距离，给自己留一个观察和考虑的空间？”这次谈话的效果自不用说，老辈子聪明，小辈子也不傻，于是校园里的流言蜚语消失了，两个学生的友谊却更加坚固了。

Z 还是狗儿、猫儿的妈妈。她的狗儿叫“点点”，她最喜欢它了，说它很通人性。这天她在家里大声吆喝：“幺儿！”“哎！”她女儿兴高采烈地回答。“我又没叫你，我喊的点点。”她女儿不高兴了：“你想怎么喊就怎么喊吗？究竟哪个是幺儿，要搞清楚啊。那我也把狗儿喊妈妈，你干不干[2]嘛。再不然，你下回喊幺儿，就算喊的是我，我也不理睬了。”“好嘛，好嘛！”Z 嬉皮笑脸地说：“那我在‘幺儿’的前面分别加上你们的名字以示区别，叫你‘管幺儿’，叫狗‘点幺儿’，总

① 指谈恋爱。

② 意为“愿不愿意”。

可以了吧。”

不久，Z 又养了一只波斯猫，取名“嘻嘻”，昵称“嘻幺儿”。这下热闹了，猫狗开饭必须分而食之，不仅食具分开，房间也得分开。否则，嘻嘻总是把点点挤到一边，抢点点碗里的食物，吃完再去慢慢享用自己的食物。而点点则躲在某个角落里眼巴巴地看着，其实论个头、拼力气，猫儿哪是狗儿的对手嘛！真不知点点的脑袋瓜里装的是什么。没办法，在对嘻嘻的若干次“说服教育”没有任何成效后，Z 只好以分房喂食的方式来“主持公道”了。到了睡觉的时候，只要丈夫不在家，Z 便安排“点幺儿”睡在她右边，“嘻幺儿”睡在她左边。

再后来，Z 搬到现在三室两厅的大房子里，中午我就住在客房。有一天，她带回一个面黄肌瘦、个子矮小、蔫头搭脑的小男孩。同事们听说后，纷纷劝道：“你养狗养猫就行了嘛，还养人呀？人就不是那么好养了哟!”Z 温和地笑笑：“他这么个小孩儿，好可怜嘛，四岁多了，身高、体重、智力才和一岁多的娃儿差不多。我试一下，看能不能把他养好一点。”

这个小男孩并不是 Z 领养的，而是她到别人家去玩时，看见家里大人只顾忙着挣钱，对孩子几乎没怎么管教。孩子成长得太差，Z 非常同情，就带回家看看能不能把他养好一些。谁知这一养就是三年多，直到孩子到了上小学的年纪才将他送回去。

Z 带小男孩去医院进行了体检，看个子矮小是不是与侏儒症有关，头脑耷拉是不是脖子有问题。当医生检查后，说小孩身体没有其他大的疾病，可能只是营养不良，她心头一块石头落地了。若单单是营养不良，事情就好办多了，四岁多的孩子，可塑性强，应该还补得起。

这下她不去打麻将了。她买来各种维生素片、钙片、开胃片、消食片等，早餐时，把这些药片弄碎搅拌在牛奶或豆浆里，午餐和晚餐的时候再加在饭食中，一日三餐，软硬兼施，每餐必须“填鸭式”地让小男孩吃完方才罢休。食谱也是仔细研究过的，鸡、鸭、鱼、猪、牛、羊肉轮换着吃，牛奶、鸡蛋每天必吃。这些事说起来简单，但一天三次，每次连做带喂两三个小时，这不是一般人能坚持得下来的。所以我们都说她是少见的仁慈、贤惠。除此之外的空闲时间，Z 还要教他说话、唱歌、读书、写字。

如此三个月后，小男孩长得有模有样了。虽然身高、体重只增加了几个数字，但模样是大大地变了。小脸蛋肉嘟嘟的，小双眼皮一眨一眨的，小黑眼珠乌溜乌溜的，小分头油光水滑的，脖子挺得直直的。穿上他的皮夹克、高领羊毛衫和牛仔裤，帅气得不得了。

在Z的关怀下，小男孩变得特别爱笑，特别爱招呼人，很快便成了“公众人物”“公关小弟”和“开心果”。Z不管去哪儿都把他带在身边，有他的地方总是笑声一片。亲戚朋友隔三岔五要接他去玩，学校的师生们都喜欢他，连菜市场卖东西的小贩都对他格外友好。只要他一露面，隔老远便是叫声一片，这个往他口袋里装一把瓜子，那个往他手里塞几颗葡萄，总之卖什么就给什么。别人给的这些东西，Z不开口，小男孩是不会接受的。

就这样，我几十年如一日，每天中午到Z家吃饭和午休，我俩的友谊在我们医院被传为佳话。我们重庆的大学同学说我除了户口不在Z家，完全是她家里的一员了。她家的钥匙，直到我退休才还给她。退休前，我经常有饭局，可是，我宁愿吃她做的家常便饭。往事如烟，那一幕幕情景在我脑海里的印象太深了。我是她女儿的干妈，她是我女儿的干妈，我们已然如亲姐妹一般。每次只要我回到重庆，再忙都要和她见见面、叙叙旧。

* * * * *

调到重庆市肿瘤医院后，我在工作方面一直不错，参加工作5年不到，就被破格提拔，由初级职称晋升为中级职称。在肿瘤医院创建“三甲”医院的过程中，我又由中级职称晋升为副高级职称。我当时担任科教科科长，协助医院在3年内申报各级科研课题50多项，获重庆市攻关科研项目1项，获省级（省厅级）科技进步奖3项，获市级（市局级）科技进步奖10项，超额完成了“三甲”医院科技和教育的技术指标。这是我引以为傲的！

后来，我被调到院办公室工作，处理医院的各种院内事务。一天到晚接不完的电话（我的办公桌上放着国内、市内、院内3个电话），签不完的单，写不完的文案，处理不完的杂务。我一向身体单薄，瘦瘦弱弱，哪来那么大的能量撑过来的呢？百思不得其解！我清楚地记得，当时身怀六甲，有一天晚上为赶一篇稿子，我工作到凌晨4点多。即便这样，在院办公室工作期间，我仍念念不忘专业技术，挤出时间写论文、结课题、复习考试、参加答辩。

当我冒出再往前走一步、争取晋升正高职称的想法时，我自己都不相信这会成为现实。因为我已经从专业技术人员转行为政工人员，我觉得不好意思去和一线临床学科的同事们竞争，所以，一年又一年，不报名升职。当时在重庆市疾控中心担任副主任的 Y 同学知道后，义正言辞地对我说："你把晋升机会给让医院的一线人员，很崇高！但是，你自己也应该要求进步。"她劝我一定要把握机会评上正高，免得以后后悔。一语中的，我如梦初醒，想起了那句诗："少壮不努力，老大徒伤悲。"

第二天我赶紧到区职称办，在报名即将截止的紧要关头报了名。那时，英语和计算机考前学习班已经快要结束了，无法参加学习，我就买了学习资料，在家里加班加点自学。计算机自学难度比较大，Y 同学就把她上一年参加复习班的笔记和资料拿给我参考。每天晚上必须从 8 点学习到 10 点，这是我下达给自己下达的任务。

医院考虑到我在“创三甲”中做出的贡献，考虑到我从事行政管理工作是服从组织安排，S 院长非常支持我。此后，我“过关斩将”，通过了英语和计算机考试，并在核心期刊上发表了两篇论文，抓紧时间给一项科研课题结了题，顺利通过了市卫生系统初评委答辩和高评委审查。在我 48 岁那年，我由副高级职称晋升为正高级职称。我一辈子忘不了 S 院长的支持，也衷心感谢 Y 同学的忠言和劝告。

我的家庭

由于从小在缺少温暖的家庭中长大，长期精神压抑，胃口也一直不好，我长得很瘦弱，但所幸还是一个女人的样子。一些不好的人生经历，使我变成了一个清高、冷漠、自闭的人。在单位，我不爱说话，少说为佳。对别人的哀愁，我漠然置之，心想那算得了什么嘛！对男人，我始终持戒备心。对成家立业，我诚惶诚恐，生怕遇到“冤家对头”，步父母亲的后尘。那样的话，何苦要结婚？

这样一来，我成了“大龄青年”，成了单位团委的“老大难”，被团委列为重点帮助对象。我很无奈，在我有限的社交圈里，能够称心如意的人太少了。脾气好的吧，太没情趣了，太笨拙了，我打不起精神。聪明精干的吧，不是觉得太虚伪，就是觉得太好强，我避之不及。我常想，孤独大概就是我的宿命吧。

直到30岁，我才有缘认识了我的丈夫。他很帅气，外表与内在是一致的。他的父母慈祥善良，勤劳持家，家庭和睦，从不吵架。最难得的是，他不仅脾气温和，忠厚老实，同时又不失风趣幽默。他待人真诚，体贴入微，我怎么说他就怎么做，家里一片祥和，充满欢笑。当然，他也很能干，口碑很好，完全是“新好男人”的真实写照。

我们的旅行结婚让我终生难忘。我们先到贵阳，去看看著名的黄果树瀑布，遨游神秘的“龙宫”“虎穴”。然后取道昆明，拜访一下昆明的同学们，欣赏一下碧波万顷的滇池和大理的蝴蝶泉，到尽显大自然本色的西双版纳逛一大圈。最后再到桂林，领略一下“桂林山水甲天下，阳朔山水甲桂林”的奇特风光。

走出贵阳火车站，我们在路边等同学来接。这时，一位身穿蓝色T恤、约莫三十多岁的男人走到我们面前，我们一眼便可以看出他很焦急。他操北方口音，对身着军装的我丈夫说："解放军同志，请你帮帮我吧！""啥子事？""我从石家庄到昆明出差，在贵阳中转，刚才签票时被人划了口袋，钱包被偷走了。"他边说边把黑皮挎包拿给我们看。的确，挎包被划了一个长长的大口子。怕我丈夫信不过他，他又掏出证件。"哦，你是石家庄外贸公司的？要我帮你做啥？""你借我 200 元钱吧，我回到石家庄后马上寄钱还给你。"他拿出笔和本子接着说："请你留个地址，我好给你寄钱。"丈夫毫不犹豫地在他递过来的本子上留下了地址。

蓝 T 恤又说："解放军同志，你太好了。我留样东西给你作为凭据。这是一只金表，价值 600 多元。你收到我的钱后，再把表寄还给我，好不好？"我丈夫最爱做好事了，叫我赶紧拿钱给蓝 T 恤。我盯着丈夫说："你忘了吗？我们身上没有太多现金，只有一点点零钱。"我转过头问蓝 T 恤："你这表是什么牌子？""英纳格。""是真金吗？口说无凭，我怎么晓得是真是假呢？"丈夫忍不住插嘴道："算了嘛，人家丢了钱挺着急的，我们去找地方取钱嘛。"

蓝 T 恤仿佛受了冤枉似的，赶紧解释："是真是假，我可以证明给你们看。”他摸出打火机，点燃一支香烟，从头上扯下一根头发，放在金色的表壳上，然后说：“我把烟头杵在头发上，如果是假的，头发就会断。如果是真的，头发不会被烧断。”说完，他把烟头按在头发上，头发的确没有断。

这个情景吸引了不少路人，围观者中走出一位身穿绿色连衣裙的小姐，她拿过手表仔细看了看：“这的确是一只货真价实的英纳格手表。你这只表 300 元卖给我可以吗?”我疑惑地问：“你啷个[①]晓得这是货真价实的呢?”“我是大十字百货商场钟表柜台的售货员，这只手表的售价应该是 650 元，而我身上只有 300 元。”她转身对蓝 T 恤说：“如果你愿意卖，我愿意买。”可是，蓝 T 恤拿回了手表，说：“我可不愿 300 元卖掉它。解放军同志，还是拿给你存着吧，你暂时借我 200 元就行了，我们去取钱吧。”

正在这时，“吱”的一声，一辆警车停在我们面前。来接我们的是我同学 L，他在贵州省劳改局工作。车门一开，身着警服的 L 同学冲着我大叫：“哎！让你们久等啦!”蓝 T 恤和

① 意为“怎么”。

绿裙子见状撒腿就跑。没等我们反应过来怎么回事，两人已消失得无影无踪。听完我们的述说，L 同学笑弯了腰："咋这么傻哦，你们遇到骗子和媒子了。差一点上当受骗了吧？"

我瞟了丈夫一眼，意味深长地说："我倒不会上当哟，要不是我的话，今天有的人肯定上当了哦。"然后，我对丈夫说："害人之心不可有，防人之心不可无。"

我终于苦尽甘来，有了一个好丈夫。家里的事，凡是我不想做的，都是他"喜欢"做的。煮饭、洗衣服、拖地、重体力劳动，他全包了。我只管收拾房间，做针线、缝纫和编织什么的，总是自制服装把女儿打扮得漂漂亮亮的，把丈夫拾掇得洋洋气气的。我们常常互相帮助，或我做他"份内"的事情，或我们抢着做"有毒有害"的事情，比如刷油漆之类的。以至于女儿经常情不自禁地说："爸爸妈妈，你们（感情）好好哟，总是争到做事情。"他还给我修眉毛、剪指（趾）甲、梳头什么的，平淡中让我感到非常暖心。

在单位，他是一个深受病员和同事喜爱的医生。他医术高超，耐心细致，乐于助人，任劳任怨，极富同情心。来了危重病人，他废寝忘食，不是很晚回家，就是扒几口饭就走了。有几次，他管的农村病人出院时钱不够，他便毫不犹豫地帮忙补足出院费用。过了一段时间，我问他，还钱没有？他说，人家有钱肯定会还的，如果没还，那就肯定是生活困难，拿不出钱来，算了嘛。我觉得他说得有理，便不再问。生活中他经常给我诸如此类的感动。

科室开会学习，没有他就不热闹。如果遇到开会学习而他在家补休时，主任总会叫人打电话甚至派人亲自来叫他去参加学习。他的科室主任S是位德高望重的“铁娘子”，众人都怕她，但是他不怕，经常S主任在会上说上句，他就在下面接下句，把大家逗得哄堂大笑。大家打趣说他是S主任的“幺儿”！

年终团拜会上，他经常表演精彩节目，如独舞《小天鹅》《回娘家》等，总是会把大家逗得捧腹大笑。有次春节前的晚上，他们科室联欢，他带回来一个很可爱的娃娃存钱罐，一脸得意洋洋的样子：“这是我表演节目得的奖品。”我急忙跑过来坐在沙发上：“快点表演给我们看看。”“要得嘛。”于是他踮起脚尖，两手张开作拉裙摆状，大大方方地说：“你们给我打节奏哈。”一边哼着《四小天鹅舞曲》，一边跳起了小碎步。你们想象一下吧，那种节奏分明但蹩脚蹩手的男式“小天鹅”芭蕾动作，让我和女儿笑得在沙发上打滚：“暂停暂停，笑死我们了，肚子痛得遭不住[①]了。”他更得意了：“他们都说要把这个节目作为每年的保留节目嘞!”

不管是哪一组的医护人员，都爱向他请教医疗上的问题，他总是有求必应，毫不保留，不厌其烦地向下级医生与进修医生传授医学知识与医疗经验。同事生病了，他问寒问暖，无微不至。同事家里有事，他就像自己的事一样上心，想办法帮忙解决问题。因此，科室的医生、护士包括进修生们都很喜欢他和钦佩他，说他特别有人格魅力。

在诊治病人的时候，他尽心尽力，诊断准确，疗效明显。信任他的患者，有老有少，有男有女，有干部有教授，有工人有农民。有一位区委老书记，二十年来，到医院看病只认他一个人，只愿意服他开的药。还有一位病人，胸痛，咯血，肺部块影，在其他医院被诊断为肺癌，全家人焦急万分。为了得到

① 意为“受不了”。

最好的医疗，病人和家属们来到丈夫所在的医院求治，正好由他收治。经过缜密的分析思考和认真的鉴别诊断，病人被确诊为肺结核。抗结核治疗一个月后，病人的病情很快好转。这样的例子数不胜数。我多次听到病人们、亲朋好友们夸奖他，说他真是一个当之无愧的“白衣天使”！

他的动手能力也特别强，就说纤支镜吧，别人一天做十几例累得不行，他一上午就可以做二三十例。病人存留在肺内很多年的东西如假牙、花生米什么的，辗转很多医院都夹不出来，到他这儿就给解决了。因此，各级领导来院做纤支镜检查时，医院都点名找他。本院本校的教授、职工看病，也爱找他。他是医院大名鼎鼎的纤支镜“No. 1”！尽管他平平淡淡做人，从没有功利之心，不在晋升职称上下功夫，只顾治病救人，但他参加职称评审答辩时，大家都打钩，对他的评价特别好。他的技术职称从中级医师晋升为副主任医师，并且担任了科室副主任的职位。

他总是吃苦在前、享受在后，不知多少次把升工资、晋职称、评先进、立功受奖的机会让给他人；不知多少次为抢救患者的生命而废寝忘食。有一次，某县厂矿出事故，受伤工人病情危重，县医院急请丈夫所在医院的专家们会诊。接到医院通知，他立即启程，连夜赶到，病人最后转危为安。第二天，病人家属求他不要走，等病情稳定了再说，他就留了下来，直到第三天才回来。那时候没有手机，我不知道怎么回事，又着急又担心，对他很有意见。不过看到他平安归来，我就什么意见都没有了，有的只是感动。

他在生活上的最大“缺点”，就是比较粗枝大叶。一旦你说什么好吃，他就天天做给你吃，往往连续数天不变样，他都没想过，再好吃的东西，这样的吃法，也不好吃了嘛。只要我不管他，他就“二四八月乱穿衣”，一件背心穿得又是大洞又是小洞，仍然照穿不误，还说穿在里面别人也看不见。当然我不会允许他这样。隔段时间，我就会清理一下他的衣柜，把不要的衣物拣出来，把新换的衣物放进去。像袜子、内衣这些容易穿烂的衣物，我一买就是一打，放在那里备用。

他最不喜欢逛商场买衣服，我和女儿便不断“摸索经验”，终于找到“窍门”：只要我和女儿看中某件衣服，就连哄带骗地劝他试穿。他一穿上身，见效果很好，就不大舍得脱下来了，于是我赶紧叫女儿去付款。在我和女儿的熏陶和培养下，他的衣品大大提高，每当外地的同学来看望他，都说他几年不见，大变特变，帅气多了，洋气多了，年轻多了！

* * * * *

现在该说说我的女儿啦！经常听人夸奖我家女儿品行好，不乱花钱，非常懂事。在她两岁左右的时候，我们带她去公园玩耍。公园门口热闹非凡，吆喝声响成一片，卖冰激凌的、牛肉干的、羊肉串的、冰镇饮料的比比皆是。有的小贩还专门冲着孩子叫卖。可是，女儿却听而不闻，视而不见，没有一点想要买的意思。旁边一个小男孩因为想要羊肉串而大人没给买，便大哭起来。女儿对我说："妈妈，这个娃儿不乖，别人的东西不能要，是不是嘛？"我们这才知道她还没有"买卖"的概念。既然她不要，我们也不买，吃的和喝的我们自己都带着呢。

她年龄再大一点的时候，在公园门口看到别的小孩买得欢，吃得馋，有时也问我们："羊肉串好吃吗？"我告诉她："羊肉串好吃，但路边小摊贩卖的东西不卫生。空气中灰尘大，细菌多，吃了容易拉肚子。"她很怕生病打针，便不再作声。

还有一次，好友带两个女孩（她女儿和我女儿）一块儿出去玩耍。她女儿一路上看见什么要什么，吃个没完。我女儿却什么也不要，买了递给她，她也不要，还直说："我不要，这些东西不卫生，吃了容易生病。"弄得好友一个劲儿地夸我女儿乖，怨自己把孩子惯坏了，不懂事。

的确，除了学习所需以外，女儿从不向我们要钱、要东西，反而经常以稚嫩的方式表达她的感恩之心。逢年过节，亲朋好友们给的压岁钱她转身就交给我们代为保管。我们则象征性地给她一点零用钱，她就把这些钱都攒在一个小钱包里。每逢我们一起外出时，她就带上小钱包。当需要零钱而我们只有整票时，她就慷慨大方地打开小包帮忙付款，并且露出心满意足的笑容。还记得某年的大年三十晚上，我们正坐在电视机前看春节联欢晚会。女儿悄悄地走进她的房间，拿着她的小钱包出来，说："爸爸妈妈，我来给你们发辛苦费，你们辛苦了，我给你们拜年。"边说边数给我们一人 3 角钱。我和她爸爸面面相觑，忍俊不禁。历来过年都是大人给小孩发压岁钱，今儿个怎么搞反了，反而是小孩给大人发辛苦费。让我们欣喜的不是钱，而是孩子那一句懂事的话和那一颗体贴父母的心，令人感动。

女儿从幼儿园起，就比较能干，多才多艺，模仿能力很强，经常领操和领舞，当值日生和老师的小助手。不仅本班的老师们喜欢她，其他班的老师们也喜欢她。她过生日时，很多老师都会送她小礼物。每当其他班有小朋友过生日时，也总会邀请她去参加生日会。

记得那是在女儿上幼儿园小班时（大约她 3 岁前），一次晚餐后，我们一家三口去散步，偶遇了一个中班的老师。女儿老远就跑过去，问老师好。那个老师非常开心地对我们说："哎呀！她是你们的孩子呀，你们把她教育得太好了、太懂事了。"接着，老师讲了一件事，说她班上插班来了一个小男孩，刚来时一直大哭不止，不进教室，劝也劝不住。直到课间操时，女儿出来了，看见那个小男孩在哭，就过去拉住他的手说："小多多（哥哥）不哭哈，我们去和小朋友荡秋千，很好耍哟！还有很多好玩的。玩了就吃饭，吃了饭妈妈就来接你了，走嘛！"还别说，小男孩真就不哭了，跟着她走了。老师最后感叹："看着一个小班的女孩子劝中班的男孩子，真是又有趣又感动。"

女儿就是这样一个亲和力很强的女孩。她虽然是班上年龄最小的孩子，但威信却是最高的。不管选什么班干部，她常常获得最高票数。小朋友被欺负了也会找到她，女儿总是会安慰这个孩子，并马上找到“肇事者”并“主持公道”。说她是“头儿”一点也不过分。她的名气也挺大的。有一次，我同学来找我，报我的名字，别人不认识，报我丈夫的名字，别人虽然认识但不知道在哪里住，而报我女儿的名字时，立马就有人给她指路找到了我家。

女儿的涵养很好。由于她在幼儿园很得人心，经常协助管理班级，可能有的小朋友对她不满吧。有一次，有个小孩在路边一栋房子的墙上用粉笔写了很大的几个字“XXX（女儿的名字），大坏蛋”。我回家时，邻居小男孩对我说了此事，并且要带我去见那个孩子的家长，让那个孩子认错，再把墙上的字擦干净。我同意了。但这时，女儿却平淡地说：“妈妈别去，咱们不理她。”这很让我刮目相看！

女儿还非常大方，应变能力也很强。读中班时，老师为了所教班级能在“六一”儿童节庆祝会上获得一等奖，临演出的前两天增加了一个节目，让女儿独舞《娃哈哈》。由于编排了四段，白天只能用午休与课外活动时间练舞，老师怕女儿记不住，叫我晚上在家督促她练习。我担心时间太短，若女儿记不牢，上台后会出洋相，于是请求老师减掉两段，最好只跳两段比较保险。老师不答应，她说："你放心好了，这个孩子我太了解了，她肯定记得住的。即便是搞忘了，她也不会出洋相，她会自己编些动作把舞跳完。"果然，"六一"儿童节那天，女儿穿着漂亮的民族服装，动作优美地表演了独舞《娃哈哈》，赢得了满堂彩。家长们纷纷询问她是谁家的小孩，她爸爸笑得嘴巴都合不拢了。

女儿小时候，每逢周日，我们常常陪她到公园去玩。她喜欢将落叶放在公园的河里顺流而下，乐此不疲地管这叫"放船"。春天来了，我们到后山去呼吸新鲜空气，采集野花野果，捉小鱼、捞蝌蚪。这种娱乐，既经济又有趣，非常适合孩子的"口味"。中途休息时，我们便向女儿提问或叫女儿形容一下风景什么的，女儿口齿伶俐，总是让我们忍俊不禁，非常有趣。后来，老师知道了，说我们教育有方，能寓教于乐。

有一次，我们全家到后山去采摘大黄花。采满一篮子后，我教女儿编花环戴在头上、脖子上、手腕上。然后我提议坐下来吃野餐，但父女俩还没玩够，他们看见铁路对面的山上有一大片很艳丽的黄花，于是兴致勃勃地爬上对面的山头，看着这边的我，两人一边摘花，一边得意洋洋地齐声高唱：“对面山上的姑娘，你为什么向这边张望……”把我笑得不行。铁路边的路人们也笑着驻足观看。

女儿 7 岁时，我们送她到了重庆市树人小学。第一天放学回到家，她立即对我说：“妈妈，我不想去树人小学读书了。”“为什么?”“因为我一个小朋友都不认识，其他同学都有熟人，下了课没有人和我玩。”她的情绪低落，嘴巴撅得老高，眼泪都快掉下来了。“别发傻啦！熟人都不是天生的，一回生，二回就熟了呀!”果然，第二天，女儿回来高兴地说：“妈妈，我有一个好朋友啦!”后来，她的好朋友越来越多。

她是班上的文娱委员，每天下午上课前负责组织同学们唱歌。这天下午，有班主任的语文课。上课铃响了一会儿，还不见老师进教室，隔壁教室都听得见老师讲课的声音了，总不能再唱歌啦，但也不能坐着干等呀！眼看同学们开始躁动起来，女儿走到班长面前，请他维持课堂纪律。然后她走上讲台，请大家把语文课本拿出来，翻到刚学的那一课，齐声朗读一遍，再让大家读三遍生字，随后又请同学上讲台听写生词。课堂纪律好极了，同学们全都忘记了老师没来上课的事情，专心致志地上课。其实，老师早来了，只是故意没进教室，躲在外面听呢！直到快下课了，老师才进来，把大家好好表扬了一番。事过很久，我去开家长会，才听到老师亲口告诉我："这孩子太懂事了，还知道救场呢！"

二年级时，她被选为少先队大队委，四年级时当上了少先队副大队长。"优秀干部""三好学生""十佳少年"这些荣誉称号纷纷落到她的头上。四年级时，重庆电视台在五家重点小学里各选了一名学生到云南昆明参加"六一"儿童节庆祝活动，女儿是五人中年龄最小的孩子。在这次活动中，孩子们游览了滇池、龙门、云南民族村等有名的人文景观，开阔了眼界，增长了见识，电视台的叔叔阿姨们还送了不少小礼物给孩子们。六年级时，女儿作为学校少先队的唯一代表，在红楼宾馆参加了重庆成为直辖市后的第一届重庆市"少代会"。

小学升初中，女儿以全校第一的成绩，考入重点中学——重庆八中。初中升高中，她直接被保送到本校高中部。高中升大学，她被提前录取到外交学院。从小到大，她都是凭自身努力一步一个脚印踏实前进的。

* * * * *

丈夫成为高年资医生后，可以经常在家休假了，陪我们的时间也多了。周末，我们去农家乐玩，钓鱼、骑马、打“双扣”。暑假，我们外出旅游，去昆明看世博园，去上海走亲访友，去南京看中山陵、总统府、雨花台，去乐山看乐山大佛，去贵州赤水看洞沟桫椤，去湖北宜昌看三峡大坝，去新疆体验天空、树木与沙洲的奇景。

我们一家三口，和和睦睦，其乐融融。我常常对好友说，我没有什么奢求了，就这样，有一个圆满的家庭，一个好丈夫和一个乖女儿，一生足矣。我不想当什么女强人，只想做一个好妻子、好母亲，这是我的真实想法。与我的前三十年相比，我已经很知足了。

有段时间，我们一家三口经常到“山语印象”去玩，因为它离我家很近，十几分钟的车程。“山语印象”是一处集餐饮娱乐为一体的小小的休闲场所，很像农家乐，但名字比较文雅，在歌乐山上。它的“山”不过是一个小山坡，爬上山顶一点也不累。山间的松林里栖息着画眉、喜鹊、翠鸟、水鸦雀、麻雀及一些叫不出名字的小鸟，鸟啼声声清脆，空气特别清新，给人以“山不在高，有鸟则名”的印象。

记得“山语印象”对面的山坡上有一片约为200平方米的草坪，草坪上长着一棵绿荫浓浓的黄桷树。我们一家三口常常在周末的时候爬上山坡，来到草坪上，在那棵黄桷树下铺上塑料布，摆上小桌椅。我和先生躺在草坪上晒太阳，女儿就坐在旁边温习功课。阳光穿过树叶的缝隙洒落在身上，阵阵和煦的微风吹拂过来，小鸟们的啼叫声不绝于耳，偶尔传来山林中徒步的游客们嬉笑打闹的声音，多么惬意啊！

那时候多好啊，永远是阳光明媚的……

我的原生家庭

再回过头来说说我的哥哥吧。哥哥其实并非我父母所生，是母亲姐姐的孩子，在他很小的时候，他母亲就去世了，他被托付给我母亲。那时母亲还是位十八九岁的姑娘，在四川省合川县（现重庆市合川区）一个纱厂做工。后来母亲调到重庆纺织厂工作，就把哥哥也带到了重庆。哥哥比我大十岁左右，我记事的时候，他已经读初中。我上小学一年级下期时，哥哥参军入伍，到陕西省宝鸡市某空军部队当了一名解放军战士。直到五年后，我上六年级，他才从部队转业回来，到一家军工厂当了一名工人。他平时住在厂里，星期天回家看望母亲，晚上赶回单位去住。

小时候，我对哥哥知之甚少。据说他小时候学习成绩不错，体育也很好，要是生在条件好的家庭，有人培养，可能早就是一代球星了。他个子不高，但是力气很大，打架厉害得很。有一次，他和班上一位同学打架，老师把他俩带到办公室训话，居然被难住了，因为不知道批评哪个才好。从道理上讲，那个同学年纪大些，欺负他小，先动手。可从结果上看，那个同学虽然比我哥哥高出一大截，但脸上全是伤痕，我哥哥却一点伤都没有。

星期天，哥哥喜欢和好朋友相约去农村水塘捉鱼。我记得，有一个下雨天，他和两位同学捉到好大一条鱼，一个洗脸盆都装不下。他们三个人把鱼切成三段，哥哥分到一条大大的鱼尾巴。

从部队转业回来后，哥哥仿佛变了一个人。星期天回家，他小心翼翼地扶着母亲上下楼，见人就彬彬有礼地打招呼。他很爱干净，穿着整洁，黑布鞋的鞋面哪怕旧得快烂了，白布包边还是白生生的。他很讲文明礼貌，从不随地吐痰、不乱扔东西、不讲脏话、不大声喧哗。所以，邻居大娘们对他赞不绝口，想把女儿嫁给他的人多了去了。他每月发了工资就交给母亲。后来母亲说："你不要交了，还是自己存点钱，留着结婚时用。"真是这样的，到他结婚时，家里没有给他一分钱的赞助。我知道这并不是母亲的意思，是哥哥不愿生出矛盾，闭口不谈结婚的事。

还好，那时我在农村当知青，天高皇帝远，没人管得着。只要不找家里要钱，我的钱我做主。我知道，一套新家具对哥哥是多么重要。我和生产队领导商量好，就住在生产队旧仓库腾出的小房间里，分配给我修住房的那些木料，我和队上一分为二，各得一半。当时正值头年旱灾，农村缺吃断粮，很多农民变卖家产，有的人家把仓房的门板拆下来卖。于是，我攒下零用钱买木料，没有钱了，就用粮食去换。用这种办法，我为哥哥存了一些木料，加上哥嫂自己的努力，他们请朋友做了全套家具，还算比较体面地结了婚。我为哥哥做了好事，心里乐滋滋的！

＊＊＊＊＊

从小，人们就说我和弟弟截然不同。对于父母之间的争吵，我是闭门不出，躲起来流泪，而我弟弟却是成天不落屋，满世界晃荡，躲得远远的，眼不见心不烦。小学时，他调皮捣蛋，不守纪律，令老师们头疼。校长找父母谈话，说："你们家这两个孩子，一个是正面典型，一个是反面典型，你们应该好好总结一下，为什么同样的父母所生，同样的环境长大，两人的差别这么大呢？"我想，在非正常家庭环境中长大的孩子，可能就是这么极端吧，要么非常中规中矩，要么非常桀骜不驯。

停课的时候，弟弟更加无所事事，无人管教，成天混迹在社会上，抽烟喝酒，寻欢作乐，聚众赌博，打架斗殴，三次被伤，数次伤人。我下乡的地方，人们都知道我有一个暴脾气的弟弟，大家见了他都躲得远远的，生怕招惹他。哥哥曾经把弟弟带到厂里去同吃同住了一段时间，试图把他改造得好一点，可是没用，弟弟才受不了那种"清静"呢，很快就逃走啦！

后来，弟弟顶替母亲进了工厂，还是调皮捣蛋，我行我素，不好好工作，不是迟到就是早退，再不然就是躲到车间某个角落睡大觉。开会的时候，车间主任在上面说，他在下面讲。弟弟说他上班迟到是因为别人都有爸爸妈妈关照，他却没人叫他起床，所以睡过了时间。主任给他买个闹钟，他又说孤苦伶仃的人不需要闹钟，借酒浇愁的人，闹钟是闹不醒的，要送就送“爸爸妈妈”给他。

其实，弟弟本来是一个非常聪明的人，一米七四的个头，五官端正，一表人才。读书时，老师们说，只要他走上正道，绝对是个优秀学生，因为他即便只听了几分钟的课，也能把作业做好。

弟弟有写日记的习惯，我看过他的日记，内容很有深度，可见他不是一个四肢发达、头脑简单的人。他说世人都比他幸福，因为都有一个温暖的家。他不愿意待在家里，小时候是因为听不惯父母吵架，长大后是忍不住要和父亲干仗，不如一走了之。父亲干脆对他放任自流，也不准母亲管他，就像没这个儿子一样。父母去乡下后，家里就只剩他一个人了。

这些生活的经历使弟弟染上了酗酒的恶习。为了解愁，麻痹自己，他每天都要喝酒，每次至少喝一斤[①]。喝醉了就蒙头大睡。他说，一睡过去就什么都不知道了，就好过了。但他不知道过度饮酒的害处。我给他讲利害关系，劝他不要喝酒，但他已经嗜酒如命，就像毒瘾发作一样，定要喝得酩酊大醉才行。我不在家时，他更是我行我素。他经常因酒精中毒导致的胃出血而住院，病危通知都不知下了多少次。因为酗酒，弟弟很快便得了酒精性肝硬化，最终死于肝衰竭，去世时只有二十九岁。父母当时在乡下，想到母亲身体不好，怕她难过伤心，我不敢告诉他们实情，就和哥哥料理了弟弟的后事。

这就是弟弟悲惨的一生。他本不该是这个样子的。不管别人怎么说弟弟，不管父亲如何骂弟弟，我觉得他不是什么“坏人”，我觉得他非常可怜，更像是我们这个家庭的牺牲品。凡是了解情况的人——邻居们、亲友们、弟弟单位的领导们，都是这么认为的。

* * * * *

① 1斤等于0.5千克。

有时候，我想，父亲一辈子，对不起结发的妻子，对不起叛逆的儿子，对不起受气的养子，不知他是否后悔过。我做过很多努力，每次以好心劝导开始，却以父母的争吵不断升级结尾。最后我只能选择逃之夭夭。

在那种成天吵闹不休的家庭，正常人是“活”不出来的。母亲很早就患上了神经衰弱，常常因为失眠而气得半夜三更失声痛哭，甚至歇斯底里地撕被子。读高中的时候，我像母亲一样，也得了神经衰弱，经常通宵失眠，在万籁俱寂的夜晚，无助地、艰难地睁着双眼熬到天亮。不过，我不说，也不闹，默默地忍受。在内心深处，我已经想要离开这个家庭了。

母亲年老的时候，我在外地读大学，听说她的病情日益严重（现在知道那是患了老年痴呆症，一般指阿尔茨海默病）。她每天晚上神志不清，大声呻吟，就像疯了一样，闹得四邻不安，大家纷纷要求居委会出面请父母亲搬走。搬了一个地方又一个地方，最后回到父亲的老家，可乡镇上的人也不愿意租房给他们住。

后来，他们在远离乡镇的一个农家院子旁边，搭了一个简陋的棚子住下来。他们的一位邻居婆婆对我说："闹得很，不想让他们在这里住的，哎，你妈妈是个好人，可怜得错了病，遇上了冤家对头，都是可怜她才没让他们搬走。"我攥着婆婆的手，含着泪说了很多感谢的话，还专门送了她一份礼物。

可能有人要说，既然他们这么合不来，那就分开算了。这话很多人说过，可是每当有人一说这话，父亲便暴跳如雷："哪个敢把我们分开，老子就和哪个拼命!"其实母亲也曾动过离婚的念头，可是一想到离婚后只能扶养一个子女，手心手背都是肉，哪一个她都舍不下，于是只好作罢。而且问题的关键是，离不离得了由不得她，父亲不愿意，她是犟不过的。

曾经有一次，在他们还没搬去乡下之前，哥哥和嫂嫂回来看望母亲，正好遇到母亲被气得泣不成声。看母亲实在可怜，哥哥就对父亲说，与其在一起老是吵架，不如分开过段时间，大家都冷静一下，然后把母亲接走了。父亲一时语塞，眼睁睁看着哥哥把母亲接走了。殊不知，没过两天，父亲便找上门大吵大闹，说他们是狼心狗肺的东西，贪图母亲的钱财，硬生生把老两口分开。那时，哥哥一家三口只有一间十平方米的住房，万般无奈才把母亲接过去挤在一块儿住。母亲一到晚上便神志不清，睡不着觉，又哭又叫，这已经让哥哥很为难了。再加上父亲的胡搅蛮缠，更让哥哥和嫂嫂万分难过。最后，他们只好让父亲把母亲又接回去了。

从那以后，他们的事，再也没有人敢管。我唯一能做的事情就是每年都抽时间去看望他们一次。读书时，我只能暑假去。工作后，我也没有办法经常去，因为我晕车厉害，每次坐车都仿佛大病一场。那时候还没有双休日，利用星期天，加上事先请一天假，通常是周六早上出发，上午乘火车到达县城，中午转乘汽车，傍晚到达他们居住的乡镇，然后步行到农家小院。看望父母后，我再回镇上旅店住一夜，第二天早上原路返回。

有一次，下了火车后，我错过了当天的班车，为了不浪费时间，我决定步行到他们那里去。走了一下午，道路越来越窄，行人越来越少，天色越来越晚，我越走越害怕。在夜幕降临的时候，我终于走到一个风景秀丽的水库旁，在永川县（现重庆市永川区）第三中学校附近碰见了一群散步的高中女生。她们劝我不要再往前走了，前面的路很不安全。于是，我就在她们的宿舍住下了，她们纯朴的笑颜和善良美好的心灵至今印在我的脑海中。

母亲就这样待在乡下，直到病逝也没能过上好吃好穿、心情舒畅的日子。

母亲在乡下去世后，父亲只身回到重庆，住在以前的老房子里，满以为他一个人，总闹不起来了。可哪里知道，由于以前的旧房子是两家共用一个厨房，没过几天，他就和邻居闹起来了，一会儿说人家偷了他的天然气，一会儿说多收了他的水费。那一家是多年的老住户了，从来没做过什么对不起人的事，一直和其他邻居相处得很好，这我是知道的，而父亲的一贯为人我也是了解的。我只好向邻居赔不是，请他们多包涵，把父亲不交的费用结清。大家说起他的时候，都只能摇头叹气。

每次我去看望父亲，总是会生一肚子的气，一般待不到半个小时。因为聊不了几分钟，他便开始咬牙切齿地责骂很多人。每次我一忍再忍，但他是不会罢休的。最后我实在忍不住，和他争吵起来，然后又后悔进了他的“圈套”，气得赶紧走了。我真不知道父亲是怎么了，他怎么老和自己过不去？老和别人过不去？可能真是应了母亲和邻居们说的那句话，他天性如此，过不来清静日子，不吵不闹不自在。但他不想想，别人怎么受得了？

虽然他并不缺钱用，但我还是会给他钱，他说不用给，他有钱。但他连该交的水电费也拖拖拉拉不愿交，该买的一些生活必需品也不买，即便你给他买了他也要拿去卖了。比如说夏天给他买的电扇，你前脚走，他后脚就拿出去卖了，而且是贱卖。所以，后来我不再给他买东西，只是给钱，随他怎么处理。

有段时间，父亲回到老家，住在一个远房亲戚家里，他说农村空气新鲜，每个月交伙食费，吃住包干，不用做事。我就对他说，一定要与人为善，要息事宁人，没事可以到处走走，多在外面散散心。可是没两个月，他就回来了，说那个亲戚“算计”他，表面笑嘻嘻的，骨子里坏得很。

后来他经常来我家，跺脚拍手、脸红脖子粗地骂邻居欺负他，骂哥哥没良心。我劝他说，你不要骂这个骂那个，他们都是好人，还是应该检查一下自己。

当时，我在工作上很不顺利，院长让我当科教科长，我却毫无心情。由于我从来都不对任何人说内心深处的想法，因此有时候很难得到别人的体谅。结果，在这一次在晋升副高级职称的人员名单中，我被刷掉了，真是雪上加霜！工作和生活都不顺利，我有点崩溃。这就是我办理停薪留职的原因。我去了外地，老邻居们都知道，我是被逼无奈才走的。

非常感谢我的同学L，在我仓促外出之际帮我找了份临时工作，才让我安顿下来。我不挑剔什么，也没有什么打算，脑袋一片空白，只是混日子罢了。那个月月底的时候，哥哥传来消息，父亲去世了，叫我赶紧回去。

现在想起来，我好糊涂！我太自闭了！一想起父亲去世的事情，我就忍不住泪如雨下。也许，这会是永远的心底之痛吧。

突如其来的变故

十年生死两茫茫，不思量，自难忘。

在我女儿中考之际，丈夫体检时被发现患了肝癌。夜深人静的时候，我独自一人，很久没流过的眼泪像滂沱大雨一样倾泻而下，很久没有过的悲伤又笼罩在我的身上。在人前，我还得尽量保持平静，不愿影响丈夫的情绪，也不愿把悲伤带给别人。我尽量不和任何人谈此事，以免情绪失控，在人前哭得一塌糊涂。不管是同事、同学，还是朋友、熟人，很多人都没有从我的口中得知此事。

肝癌是癌中之王，一想到它的可怕，我就不寒而栗，如果不懂医或许不会这么恐惧。我唯一能做的，就是让丈夫在为数不多的日子里，能够心宽一些，精神放松一些。我决定去学驾驶，这样就可以开车陪丈夫外出散心。在拿到驾驶证前，我不能让他知道我在学开车。因为一方面我的前庭功能太差，从小就晕车，我去学驾驶他肯定会担心；另一方面，我不想让他觉得我似乎在做什么安排，这样会影响他的情绪。

在驾校学倒车移库时，一律用的是老掉牙的旧吉普车，所有人都担心我这么瘦弱的身体怎么“扳”得动笨重的方向盘。为了提气，我吃了整整一个月的西洋参含片，每周末还抽半天时间去练“倒杆”。我的力气差点，但我的悟性较高，我进步很快，临场发挥也很好。本来老师安排我去“陪杀场”，给那些有望“桩考”合格的人“垫背”，哪知道我反而考过了。后面的“路考”，我就不怕了，因为开的是“桑塔纳”，不存在力气小“搬”不动方向盘的问题。为了心中的那个想法，我在两个月内完成了所有驾驶科目考试。

拿到驾驶证后，我的想法又变了。驾校师傅问我，你丈夫怎么不来学开车？男同志天生喜欢开车，没准让他学车，心情愉快，病都好得快些。对呀！他开车陪我出去散心，配角变主角，被动变主动，肯定心情更好。所以，在他肝癌切除术后五个月时，我陪丈夫到驾校报了名，他很快也拿到了驾驶证。

此后，我家亲戚 L 大哥专门请车队的 D 师傅当我丈夫的陪练，他们几乎跑遍了重庆的交通要道和特殊一点的大街小巷，这比上“提高班”奏效多了。两个月下来，丈夫的驾驶技术炉火纯青，比我好很多，这让他很有成就感和愉悦感。重庆车多路少，对驾驶技术要求高，用他同学 Y 的话说：“在重庆开车，简直就是受折磨。”

每逢放长假，我们全家就抽出几天时间到近郊游玩。重庆市内凡是车程不超过两个小时的景点，我们就自驾游；车程在两小时以上的，L大哥就派车接送我们游玩。我们去过的地方有武隆天坑地缝、仙女山、芙蓉洞、四面山、望乡台瀑布、中山古镇、酉阳古镇、桃花源、阿蓬江大峡谷、黑山谷等。北碚静观的梅花节、巴县走马的桃花节、綦江永胜的梨花节，这些时令旅游活动，我们也不漏过。在这些青山绿水中，我们让身心彻底放松，在大自然中得到滋养。

然而，十分不幸的是，两年多后，丈夫的肝功能又出现异常，甲胎蛋白增高，并发现肝脏有可疑阴影。虽经介入治疗，甲胎蛋白仍然降不下去。医院组织专家会诊后，决定为丈夫做肝移植手术治疗。这时，女儿正值高考。一方面我要承受巨大的精神压力，为丈夫的术后陪护、家务安排操劳；另一方面要千方百计封锁消息，不能让女儿知道情况，以免影响她高考。

这次术后非常不顺利。供肝者患有肝吸虫病，反复引发胆管炎、胆道阻塞，这让丈夫一直厌食、闷油，且胆红素和肝功能异常，而免疫抑制剂又使丈夫抵抗力极低，白细胞数量严重低于正常范围，导致大肠杆菌感染引起持续发烧，经常是人一出院没几天又得入院。

术后半年，丈夫做了第二次手术——胆道整形术。这次术后情况稍有好转，他不发烧了，胃口也好了些。可后来不知何故，又开始厌食、闷油，肝功能出现异常，胆红素特别高，皮肤和巩膜全黄了，路人见他都慌忙躲避。春节也不能出院，我们全家在病房过的年。丈夫每天只能吃点稀饭、咸菜，有时什么都吃不下，生活质量极差。亲朋好友们则终日提心吊胆，饱受煎熬。那时，我的体重降到了 68 斤，非常瘦。女儿已上大学，但在暑假和寒假时基本上都在病房陪护爸爸。

为了挽救丈夫的生命，医院尽了最大的努力，肝胆科和丈夫所在的科室给予了最大的帮助，亲朋好友们付出了极大的心血。为了绝地求生，大家真是什么办法都想过了。我一次又一次地祈求，一次又一次地哭干眼泪，这该怎么办啊？

我还专程花了三天时间去泰山祈福。去泰山旅游的人，一般都是乘车到中天门，从中天门开始上山。我从山脚开始，一步一步往上走，走到十八盘时，实在走不动了，便双手吊着石头护栏拖着身子往上走，十指在护栏上磨出血来。我咬紧牙关，埋下头，眼泪扑簌簌往下掉。最后我到达山上的碧霞寺，为丈夫祈福。

回到医院，丈夫的病因终于查出来了，很可能是肝吸虫引起的胆道阻塞，必须马上手术。打开腹腔后，只见许多较大的胆管都被肝吸虫卵堵塞了，将这些虫卵一个个地取出来花费了十几个小时的时间。丈夫又挺过来了！

丈夫生病时，身体瘦弱的我除了冬天感冒咳嗽以外，仍然坚持上班，每天在单位、病房两点一线奔忙。Z 同学经常说我，看起来弱不禁风，经受这么大的打击，却从来不生病。我记得那段时间 Z 同学家每周都要炖鸡，我便可以跟着吃一回，这让我的免疫力大大增强，抵抗力也随之增强。Z 同学，千言万语都无法表达我对你的感谢！

又过了一年，丈夫的甲胎蛋白高达几千，肝癌复发，他提出做第二次肝移植手术。医院领导和科室领导找我去谈话，说他已经做过四次手术，怕他身体太虚弱再经不起这么大的手术了，也许下不了手术台。而我想尊重丈夫的意思，即便他下不了手术台，也是带着希望走的。如果不让他做手术，他就彻底绝望了。

医院马上组织肝源，安排做了第二次肝移植手术。由于丈夫已经很虚弱，术后昏迷不醒，胃管插不进去，如果无法灌进抗排斥药，才移植的肝脏就无法存活。我和嫂嫂在重症监护室外听到消息，眼泪哗哗直流。最后胃管插进去了，用的是儿童胃管。

很幸运，这次供肝很健康，术后丈夫恢复得很快，连灰白灰白的头发都变黑了，三个月就出院了。一般而言，肝癌患者活不过一年，可他已经度过了五年生存期，大家都乐观地认为他创造了生命的奇迹。我们为此宴请了肝胆科和丈夫所在科室的全体医护人员，深深地表达我们的谢意！

又过了三个月，我提议到圣灯山去玩。加上哥哥嫂嫂，我们四个人一起去的。在返回的路上，有一段很狭窄的地方，对面过来一辆公交车，我们停在路边让它先过，这时突然从后面冲来一辆摩托车，撞上我们车的车尾，我心里突然产生了一种不祥的预感。

果然，祸不单行，丈夫的病情突然迅速恶化，出现肝癌脊柱转移。此时，他刚过完五十二岁生日。

没有办法了，脊柱不能换了！

不久，婆婆和丈夫因病相继去世。Z 同学说，丈夫肯定是我婆婆生前最喜欢的儿子，因为舍不得才将他带走的。我明白朋友的好意，也宁愿相信这是真的，因为只有这样，才能止住我那伤心的眼泪。

事后，我大病一场，因肺炎住院治疗，连续三天完全睡不着觉。上班后，在单位上哭，下班后回家也哭，一天到晚在泪水中度日如年。女儿那段时间像个顶梁柱，和医院政治部及科室同仁们一起处理她父亲的善后事宜。赶回北京前，她挨个给亲戚、朋友、同事们打招呼，要她们每天下班后打电话给我。她的表现让所有人感动不已。“没见过这么懂事孝顺的孩子！”医院几乎所有职工都这么称赞她。

为了分散我的注意力，Z 院长特许了我几个月的假期，让我到北京陪女儿读书，暂时离开令人悲伤的环境。Z 院长是一位兼具睿智、知性、仁心、仁德的领导。还有许多帮助过我、照顾过我的亲朋好友们，我终生不会忘记他们，竭诚地感谢他们！

退休之前

2008年，难忘的一年。年初我到北京去待了一段时间，在外交学院和别人合租了一套房，每天买菜做饭，等女儿下课回来吃饭。晚上，我们一起去看话剧，听音乐会，参加外交部组织观看的国外演出，有时参加清华大学的舞会。女儿把我们的生活安排得很紧凑，日子过得充实而繁忙，完全没有时间去悲伤。从到北京那天开始，我就再也没有哭过。

为了答谢女儿的学弟将两室一厅的房间廉价租一间给我，我让他每天跟我们一起吃饭。每顿饭我都准备一荤一素一汤，当然比食堂的饭菜好吃多了，他顿顿都吃得一干二净。有时候，女儿下午没课，或星期天我们出去玩，那个学弟就会追着问我们什么时候回来。看他眼巴巴的样子，我都不忍心在外面吃晚饭了。每当看到我们回来，他都高兴得不得了，不一会儿就到食堂把白生生的米饭买了回来。我也赶紧把菜做好，心中有一种说不出的味道，离开父母、在外求学的孩子真不容易啊！

2008 年 3 月，我们大学 77 级全系同学在成都举办同学会，我见到了许多老同学，他们都已摆脱了学生时期的稚嫩，风度翩翩，事业有成。另外还有专程从国外赶回来的同学。大家畅所欲言，热泪盈眶，真正感受到“五年同窗，一辈子魂牵梦绕”的情愫。大学五年，在我们的人生中是一段难以忘怀的岁月。各位同学从祖国各地来到神圣的大学殿堂，虽然当时生活贫瘠，但精神富有；虽然衣着俭朴，但神采奕奕。非常庆幸我们拥有这样一段值得回忆的美好岁月！

2008 年 5 月，大学好友 W 同学邀请我和女儿去香港玩。W 当时在香港中文大学当教授，学校为她租了一套两室一厅的住房，在寸土寸金的香港，她一个人住这套房子真的很“奢侈”。她特地为我们准备好港币以备出行之用，并把一张乘车卡交给我，告诉我用这张卡可以乘坐公交车，也可以乘坐地铁。我们住在她家，省了住宿的费用，一天到晚就是到处玩耍。在香港，我们游览了海洋公园、迪士尼乐园、香港中文大学、维多利亚港湾、香港太平山、香港蜡像馆等。

香港人是非常热心友善的。他们以古道热肠的行为方式诠释自己，也诠释了这座城市与众不同的人文素质。

到香港的第一天，我们从深圳罗湖出境乘火车直达大围，需要换乘到马鞍山的地铁，并通知 W 同学来接站。但是在大围地铁站内，我没有看到公用电话亭。反复思量后，我小心翼翼地问旁边两个中学生模样的小姑娘：“请问，哪儿可以打公用电话?”不知她们是没听清我的问话，还是在考虑怎么回答，两人有点慌张并不知所措地看着我。这时，对面一位约莫四十来岁的中年妇女用很不标准的普通话问道：“你们到哪里？是打电话叫人接站吗?”“是的是的。”我赶紧回答。她拿出手机：“多少号？我帮你联系吧。”在她的热情帮助下，问题很快就解决了。

第二天，我们去海洋公园，途中要转车，下车后就向司机打听，显然他也不太清楚。但是他并没有叫我们去问别人，而是向另一位司机询问清楚后，亲自带我们穿过两条街，来到第三条街，指给我们看需要换乘的车站后，才返身回去，真是让人感动呀！后来，我们对这种热情也就司空见惯了，因为这种情况天天都会发生。

但是，在香港的六天中，我们也碰到了一位“另类”。那天，我们从迪斯尼乐园游玩回来，走到入住大楼的密码门旁边，在我们前面有一位五十多岁的老太太提着菜篮子，她已经打开了密码门，于是我们紧跟其后，打算一起进去。我们满以为她会像其他人那样，等着我们一起进去后再关门。殊不知，她仿佛视而不见，推门进去后立即放手，反弹回来的铁门重重地打在我的身上，我忍不住大叫一声，她居然头也没回，扬长而去。在电梯中，我们又见面了。虽然我很气愤，有一种想“教育”她的冲动，但我忍住了。一会儿电梯到五楼停住了，有位女士扶着一位老太太慢慢走进来，为了防止她们被夹住，我赶紧上前按住“开门钮”，等她们进来后才松开，并帮她们按了要去的楼层，她俩很客气地对我点头道谢。不知道站在旁边的那位老太太此时有何感想，也许她听不见，但肯定不会看不见……

2008 年 8 月，我又到了北京。女儿是北京奥运会首批英语志愿者，肯尼亚代表团团长助理。我有幸以代表团访客的身份和她一起参观了奥运村，在奥运村的升旗广场、福娃广场、奥运村国内区照相留影，还到设在奥运村的中国邮政总局现场制作了印有我和女儿照片的限量版邮票。那天傍晚，我们参观了田径比赛场馆——鸟巢、游泳比赛场馆——水立方和球类比赛场馆——国家体育馆。后来又到鸟巢观看了田径比赛。由于我比较喜欢安静，时值盛夏也不想多动，有的入场券送给国外友人作为礼物，还有的崭新如初，保存在家。

女儿在暑假时帮我申请了QQ号，开通了QQ空间，目的是继续分散我的注意力。因此，从北京回来后，我便有事情做了。最初，几乎每天晚上，我和女儿都会在QQ上聊天。然后，我开始在QQ空间里写日志。我先是转载他人的作品，比如《很实用的地图》《回忆》《生活中的真谛，信不信由你》等。后来，我试着自己写日志，大多写的是我女儿小时候的事，比如《早春二月的思念》《童趣是最好吃的开心果》《令人感动的日本草子》《那时刚上一年级》《春运高峰送女儿》等。评论区留言的从最初的4人逐渐扩大到40人左右。再后来我的思路打开了，开始写身边发生的事，比如《与你闹别扭的生活》《灾难·生命·含泪的歌》《全球最大型音乐灯光汇演》《游览金刀峡》《人啊，人》等，每篇日志参加评论的人越来越多，从70人、100人，最后达180人左右。留言的人有男有女，有老有少。评论的内容有夸奖孩子的，有感叹生活的，有问候、捧场的，还有作诗的，热闹极了。我是个注重礼节且有来有往的人，对每个人的评论，我都会仔细阅读，认真回复并重点回访。

那时，我还没退休，这样一来时间就很不够用了。每天下班回到家，吃完晚饭就打开电脑登录 QQ 空间，逐一阅览、回复，然后重点回访。每天晚上我都折腾到 11 点多钟，匆匆忙忙洗漱一下就休息了，根本顾不上做家务，全都堆积到了星期天，这严重影响了我的正常生活节奏。于是，我决定关闭 QQ 空间。当我们科室的小青年们和好友们听说后，全都劝我不要关。他们说："你的空间人气好旺哦，我们望尘莫及，关掉太可惜！"哎，他们又不是我，个中滋味只有我才知道。真要关闭时，面对各位真挚好友，我的确于心不忍，最后还在 QQ 空间里留了一封信给友人们，以表心迹。

另外，那段时间我在 QQ 空间还迷上了一件事，就是"种菜与偷菜"！我加入时，网友们已经开始很久了，级别都比我高。我不甘心哪！每天晚上，我就对照菜品的分值和种植时间进行计算，发现白菜和萝卜交替种植最划算：第一，种植收获时间可以定在白天，别人不好偷；第二，两者加起来的时间正好 24 小时，容易形成动力，使我养成定时种植和收获的习惯，不会浪费时间；第三，两者交替种植的时效比值最高，相同时间可以获得最大分值。于是，我每天都重复种植白菜和萝卜，得分和级别渐渐赶上和超过了许多网友。熟练操作以后，我就开始计划“偷”别人家的菜从而获得分值。有的人种植的品种很高级，但要半夜三更才能收菜。人一认真起来就会变傻，真的！我都记不清楚半夜起来偷了人家多少次菜了。女儿和科室的小青年们知道这件事后，把我嘲笑够了，说这哪像这个年纪的人干的事！我不管，反正我要名列前茅才高兴，好心情能是随便得来的吗？最后我如愿以偿，排名到了最前面，这下我没兴趣了，就离开了“菜园”。

不经意间，日子过去了一年又一年。某天晚上，我牙疼得厉害，我知道“牙疼不是病，疼起来真要命”，如果不吃药肯定会非常难受，甚至通宵不眠。我拿出药箱找药，发现没有甲硝唑之类的药了，只找到阿莫西林片。匆忙中，我没看生产日期及有效期等，直接服了下去。很快，我就出现心慌、气促、说话困难、呕吐、腹痛等症状。我赶紧打电话给呼吸科 D 主任，她问明情况，担心我对青霉素类药物过敏，于是叫我赶紧放下电话，把大门打开，等她派医院救护车过来。很快，救护车把我送到医院急救部 ICU 室，我只记得那个医生在我左手打了一针，右手打了点滴，屁股上也打了一针。不一会儿，我所有的症状都消失了。D 主任后来看了药盒，说是阿莫西林过期了。送我回到家后，D 主任语重心长地对我说：“阿姨，您还是应该找一个老伴，两人好互相帮助、照应。”我想，道理上是这么回事，但实际上哪那么容易呢？还是顺其自然吧！

暑假里一个偶然的机会，我从已经退休的 W 护士长口里听说，很多人关心我女儿的个人问题，但她在北京已经有男朋友了，问她打算什么时候结婚，她回答，妈妈一个人在家，要等妈妈结婚后再结婚。感动之余，我暗下决心，一定要把找对象这件事提上生活日程，把结婚当作光荣任务去完成！那年我 55 岁，由于我有正高级职称，可以选择工作到 60 岁再退休，或者选择满 55 岁就退。找对象肯定是要花时间的，如果继续上班，我不好意思为这事请假。因此，我毫不犹豫地选择了在 55 岁退休。

退休那天，我下班后，一路走过熟悉的住院部、苗圃、门诊部等，一抹红霞映照在天边……我仰望头上的蓝天，感受那难得的晴朗，一种无言的感觉油然而生。八月的这天，一个告别的日子，我就这样与工作挥手天涯。

第二章

Chapter 2

从重庆到北京的孩子
（女儿口述）

【2~3岁】

李阿姨怀上小宝宝了。今天她又叫我去玩，和一个大肚皮阿姨有什么好玩的嘛，一会儿我就和她说“拜拜”了。可刚走到门口，李阿姨叫金叔叔快点把糖拿出来给我吃，这下我走不动了，又倒了回去。李阿姨怎么这么聪明呢，晓得我喜欢吃糖糖。

我站在门口吃糖。吴婆婆说：“你在吃什么呢？给我尝点吧。”

我说：“吃了牙齿要痛。”

魏阿姨却说：“我吃了不会痛，给我吃点嘛。”

我说：“要长虫虫。”

魏阿姨说："那你怎么要吃呢？"

我回答："我吃了打虫药的。"

她又说："嘿！我也吃了药的，给我吃点嘛。"

我说："哦，没得了。"

天气热了，洗完澡后，妈妈带我到校园去散步。来到了游泳池，我说："妈妈快看，水里好多鱼摆摆[①]哟！"妈妈说："那不是鱼摆摆，是人，和你一样有鼻子有眼睛的人。"这时，有几个阿姨看到我了，就从水里爬上来逗我，真是和我一样的人嘞！

妈妈忘记了米花糖放在哪儿，我就带她到柜子边，从柜子里拿出了米花糖。妈妈不仅没说我贪吃，还笑眯眯地表扬我，并告诉爸爸今后有重要的东西，要让我知道是放在哪儿的。我觉得，我的脑袋不是一般的脑袋啦！

我的眼泪很听话，想让它流它就流。杨蓓姐姐哭了，我在旁边也哭了。妈妈给爸爸说，这个孩子多愁善感，爸爸不相

① 意为"游来游去的鱼儿"。

信。妈妈叫我表演一下，我说："幺爸怎么不来看我？他不喜欢我了。"然后边说就边哭起来了。

这天我边玩玩具边唱歌，妈妈说："还好听呢，大舌头，挛都挛不转[1]。"我一唱她就哈哈大笑，还叫爸爸给我录音，我就大声地唱："小兔子 duai duai（乖乖），把门儿 tai tai（开开），tuai（快）点儿 tai tai（开开），我要进来。哎呀！我要尿尿啦……"然后我就跑到厕所去了。

婆婆爷爷来了，我不要他们抱，也不要他们背，我要他们一边一个提着我的手，吊着我走。爷爷说："你这个难度大哦，两个人步伐要一致，还不能慢慢走，要一溜小跑才干得起哟！"你只要瞧我这一脸的坏笑就知道好不好玩啦！

我看见电视上有个阿姨拿着一瓶饮料，几个小朋友抢着喝，阿姨还唱："××露露……"好像很好喝哟。我就问妈妈这种饮料是不是好喝。妈妈说："又苦又辣，你想喝那明天给你买一瓶回来。"我连忙摇头表示不要了。但电视机里天天有这

① 这里指"唱歌唱不清楚"。

个广告，我就想不通了，这几个小朋友怎么这么傻哟，又苦又辣还抢着喝？我问妈妈："既然不好喝，怎么能上电视呢？"她说："因为不好喝，卖不掉，才打广告，哄那些'好吃嘴'去买呢。"

妈妈买了几条黄鳝养在桶里，我守在桶边看，妈妈说："不能捉哈，不然黄鳝要咬人的。""嗯，晓得了。"妈妈刚一转身，我盯准那根大的就捉，"啊！"我一声尖叫，一边大哭一边捏住中指，上面被咬了一个小口，血从里面流出来了。呜……我要把它们全部炖来吃了。呜……

妈妈说我该上幼儿园了。今天张老师来家访的时候，我正在婆婆脸上画画，我画了一个贝壳，嘿嘿，婆婆好看多了，可张老师说："怎么能在婆婆脸上乱画呢？"

幼儿园不好玩，我明明想要洋娃娃，张老师却叫我背起手坐好。我想出去荡秋千，又非要让我呆在教室里。我想踢张老师一脚，又不敢。我还想哭。

"妈妈，我不想上幼儿园了，我明天不去好不好嘛？杨西西只上了一天就没去了，生病了。”说完眼睛一酸，眼泪就掉下来了。

爸爸妈妈心肠好硬啊，还是非要把我送到幼儿园去，我哭，我哭，我天天哭。张老师对我好，哄我，给我吃糖糖，还给我讲故事，她最喜欢我了，上课的时候叫我帮她发玩具，我喜欢张老师。

这两天眼泪流不出来了，幼儿园又好又不好。小朋友多，玩具多，可以得表扬，这些都很好；这样那样的规矩多，不好。

我发现了一个秘密，在幼儿园，上课的时候要规规矩矩，老师才喜欢，下课的时候要灵光一点才不受欺负。我把这个秘密给妈妈说了，妈妈说：“你好棒！比我小时候厉害多了！”

晚上，我看见妈妈用卷笔刀削铅笔，她把笔插进那个孔里面一转一转的，就出来了一圈一圈的薄薄的东西，好好玩啊。趁她不注意，我拿起卷笔刀，把手指伸进孔里这么一转，哎呀！我又流血了。

今天，北京来的老师考我们，但没有考倒我，我得了满分。施语没考好，有一题问他最喜欢的家人是谁，他说最喜欢我。

今天我们到公园去玩，看到好多小孩在吃羊肉串，很香的样子。我问妈妈："羊肉串好吃吗？"妈妈说："就是麻辣肉串的味道，好吃。但是路边小贩卖的东西不卫生，灰尘大，细菌多，吃了容易生病。"我不作声了，因为我怕生病，怕打针。

老师告诉妈妈，我上课的时候，总爱嘻嘻哈哈。妈妈回来教育我，上课不要嘻哈打笑，不要顽皮，不要在下面讲话，要认真听讲。我心里想："老师怎么不认真听我讲呢？"

今天爸爸妈妈又带我去公园玩。那个卖东西的阿姨对我说："又香又好吃的羊肉串哟，小妹妹，来一串嘛。"我才不要呢！我说："妈妈，别人的东西不能要，是不是嘛？"妈妈说："那不是白给的，是卖的，用钱可以买。但是我们不买，吃的喝的我们都带着呢。"

星期天，大人们都忙着做好吃的，没人管我们，叶子姐姐说：“走，我们到大门口去玩。”我和王奇哥哥就跟着她往楼下走，他们比我大几岁，咚咚咚地跑下楼去了，我还在楼梯上一步一步往下爬呢。他们返回来牵我，走过操场，拐了一个又一个弯，快到大门口的时候，正好碰上叶子妈妈从外面回来，她二话没说就把我们拽了回来。最后他俩居然说这是我出的主意！

晚饭后，我下楼到操场上去玩，看见杨培姐姐、吴辉姐姐还有王奇哥哥，我就叫他们一起来玩“种南瓜”的游戏。然后轮流表演节目，我做主持人。其他小朋友看见了，也参加进来。旁边的大人都说：“怪了，这个孩子在里面年龄最小，个子也最小，怎么孩子们都听她的呢？”

课间操的时候，我看见有个小哥哥在哭，叶老师说他是才来中班插班的。他一直哭，劝也劝不住，越劝越哭得厉害。我过去拉他的手，对他说：“小哥哥不哭哈，我们去玩荡秋千，很好玩哟！玩了就吃饭，吃了饭妈妈就来接你了。”小哥哥马上就不哭了。叶老师后来使劲儿表扬我。

妈妈买了漂亮的地板胶，在卧室一边剪一边铺，我几次想帮她剪都被制止了。铺到最后一块时，我实在忍不住了，拿起剪刀，背过身子，拉起铺在门口的那块就剪。咦，怎么剪都剪不动，费了好大力才剪了一条小口子，只听得耳边一声喝斥："你怎么又在干坏事了！"

星期天，蔡阿姨和梁叔叔带我和娇娇姐姐出去玩，娇娇姐姐买了串串香、棒棒糖、小吃、饮料什么的，可是那些东西不卫生，我才不要呢，她们给我，我也不要。

【3~4 岁】

今天我升中班了，我长大了，是不是？我马上站到门框边去比量，上面标有尺度，可是怎么只长高了一点点呢，白吃那么多饭了！

现在我们班上有李老师、黄老师、蒋老师。李老师教我们唱歌、跳舞。黄老师教我们常规训练，就是练"坐好""静息"，要坐满 5 分钟，坐不好就加时间。我坐好了的，她看我的时候，我就把背挺得直直的，也不东张西望，她说我很懂事。

下午几个小朋友欺负崔媛媛，抓她的头发，把她打哭了。罗大卫也打了我的，但我没哭。我说："你不是乖孩子，长大了肯定是坏人，要被警察叔叔抓去关起来。"他以为我是才来的，以为我最小，以为我好欺负呢！他气呼呼地把我望着，然后就转身打别人去了。

今天，肖韩掐了崔媛媛的手，把她掐哭了。我告诉妈妈，碰到肖韩一定要教育他，还要教育他的爸爸妈妈。

大班有个小朋友过生日，曾老师到我们班来请我去参加生日活动，只请了我一个人。我不认识大班的人，坐在那里，不好意思唱《生日歌》，也没有跟着拍手。妈妈说我跟"哈儿（傻子）"差不多了，我才不愿意当"哈儿"呢！

中午黄老师劝我多吃点饭，她说多吃饭长得高。晚饭时，我对爸爸说："您少吃一点吧，您已经那么高了，再多吃就顶到门框了，进出门肯定好难受啊！"

上活动课时，李老师让两人一排组队在校园里走走。李老师牵着我走在最前面。过马路的时候，我看见有个伯伯拉着一辆板车走过来，车上装着一些黑色的东西，我说："快看快看，黑蛋！"李老师说："那是煤球，吃不得的！"

今天中午雨下得很大，吃过午饭我被送去"老年之家"那边睡觉。司机叔叔把车停在幼儿园门口，大班的人，还有一些中班小朋友，一上车就抢座位！我是站着的，没去抢。我知道，得表扬的肯定不是他们。我们站着的小朋友们互相拉着手，就不会摔倒。车走的时候一抖一抖的，很好玩呢！

中午吃饭的时候，我已经吃完一碗，不想吃了，蒋老师又盛一碗给我，我说肚子有点痛，她还是叫我吃。我吃不下就哭了。后来趁蒋老师过路的时候，悄悄伸出脚把她绊倒。结果被告了状，我知道我错了。

春天到了，李老师教我们跳舞。我知道小鸭子走路时，有两种步伐。还有春风吹，也可以用两种动作表示。李老师夸我动作做得最好。我还知道，美人蕉的叶子很大，花开在颈上。我喜欢上李老师的课，因为我喜欢唱歌跳舞，还喜欢得表扬。

我告诉妈妈，我们李老师的眼睛会说话，我的眼睛也会说话。妈妈说："那你说给我看看。"我就把眼睛这么一眨一眨的。"你说的什么啊，听都听不懂！""那怪你自己不懂！"我瞪了她一眼。妈妈说："嘿，你还要瞪我?!"我马上说："这下听懂啦?"

今天课间操的时候，我扮演司机"开火车"，其他小朋友一个拉一个排在我的后面。周鹏川也想来，肖韩把他掀开了。我把周鹏川叫过来直接排在我的后面，肖韩生气了，跑到一边去了。我们大家玩得好开心，肖韩一个人在一边生闷气。

今天，我第一次当值日生，有七八个小朋友选了我，黄老师也选了我，我监督小朋友们洗手、擦桌子、发点心。晚上回家后，我帮爸爸妈妈端菜、收碗、擦桌子、扫地等。妈妈说："我和爸爸天天都选你当值日生。"

我吃饭爱掉队，总挨批评，弄得我一到吃饭的时候就害怕，像个罪人一样。哪个规定的要吃饭嘛，还要一天吃三顿。我要去给园长婆婆提意见，最好一个星期只吃一顿。

星期天我在家吃饭，妈妈非要我把那碗饭吃完，我没有胃口，妈妈就数落我，我还是吃不下，妈妈就打我，还不准我哭！我憋了一会儿，实在忍不住了，脱口而出："我长大了也生个孩子出来打他骂他。"妈妈愣住了，一把抱住我哭了。后来吃饭时，他们不再打我骂我，而是给我讲故事，讲一句，吃一口。有一次，妈妈扮演桑季洛，爸爸扮演舅妈，我扮演狗狗。舅妈命令桑季洛喂狗狗吃饭，不然就要打她。我怕妈妈被打，就一口接一口地吃，一会儿就把那碗饭吃完了。

我会自己穿裤子，穿得特别麻利，黄老师经常为这一点夸我。李老师教我们系鞋带，我一下就学会了，其他小朋友都不会呢！我听李老师的话，回家后练习了好几遍，专门系给爸爸妈妈看，他们都夸我好能干！

吃中午饭时李老师表扬我，夸我吃得快。肖韩今天没打我，因为我没惹他，今后我也不惹他。罗大卫、肖韩、左宇，还有刘生元都向我道歉，说再也不打我了。我也向他们道歉，不惹他们，不骂他们，我们要做好朋友。

早上做操的时候，黄老师叫我领操，带小朋友们随着音乐做舞蹈动作。我自己编了好多动作，合得起音乐的节拍，小朋友们都跟着我做，好多家长在院墙外面看啊！我觉得好开心！

今天李老师有事，张老师来上课，她让我们自己画画。我很快就画好了，画的名字叫《爸爸妈妈在睡觉》。张老师看见了，哈哈大笑，她说，好是好，就是羞死了。我不觉得羞，但是我很虚心，就在爸爸妈妈之间又加了个小圆脸的我。

黄老师上常识课，教我们饭前和便后要洗手，不然肚子里头要长蛔虫，专门吃小朋友的营养，好吓人啊！回家后，我把两手抬起，就怕碰到东西。可是，一不留神，手就放下来了，不是碰到衣服，就是碰到沙发，害得我不停地洗手，动画片都没有好好看。

《蓝精灵》太好看了，我看得入了迷，就忘记了把手抬起来，也忘了去洗手。我怀疑自己得病了。我对妈妈说："我的脑子'五颜六色'地疼。"妈妈奇怪地看了我一眼，没理我，埋头又去写她的东西。我就去找爸爸："我的肚子'金光闪闪’地发晕。”“妹儿怎么了啊？不对头呢!”妈妈赶忙给李老师打电话。原来这两天黄老师给我们上常识课，李老师教我们形容词，我学得太认真了！把她们教的知识串在一起，结果串得乱七八糟了！

今天我们去公园春游，下车后，两人一排列队向前走。李老师叫左宇牵着我，不能把我摔倒了，也不能放开手把我弄丢了，不然要找他负责。哈哈！我把他弄丢还差不多呢！还用不着负责！

晚上，妈妈教我画有关春天的图画，我看见画上的鸟儿很小，就对妈妈说：“远处看鸟儿就小，近处看起来就大。什么东西都是这样的，这是我自己观察到的。”妈妈托着我的脑袋左看右看：“你的脑瓜是比我们圆些，这么小就会观察了!”

今天，听说大班的曾老师结婚，我带头向曾老师道喜。她一高兴，就发喜糖给我们吃，每人两颗，我吃了一颗，另一颗留给爸爸妈妈吃。

李老师叫我把磁带拿去还给园长婆婆，我走进园长办公室，她们正在开会，我很沉着，没有退回去，而是不慌不忙地走到园长面前："园长婆婆，李老师叫我把磁带还给你。""哦，李老师不用了呀？""嗯，不用了。"园长说："谢谢你！"我说："不客气。"然后我就出来了。

黄老师给我吃生大蒜，我不干："这是生的。"但她说吃了消毒杀菌，我这么瘦，应该吃一点来杀杀菌。生大蒜很辣，我吃不下，她就用白糖拌着给我吃。施宇爱吃手指头，黄老师让他吃了很多，不拌白糖，光吃大蒜，他吃得很香，他才是个"好吃嘴"哟！

再过两天就是"五一"劳动节了，凡是劳动人民——工人叔叔、农民伯伯和所有上班的人，都要放假过节。我们小朋友也跟着过节，好安逸啊！我对李老师说："李老师，怎么没有'上课节'？我们上课还是很辛苦的，干脆我们后面接到放'上课节'的假好不好？"李老师笑了："你尽想好事！等你当了幼儿园的园长再说吧！"

今天早上黄老师叫崔媛媛上去带操，她高兴得很，但老是出错，小朋友们都不看她，而跟在我的后面做。结果还是我在带操，只不过没站到上面去嘛。她气哭了，我不知道怎么安慰她。

秦操被罗大卫撞倒了，是罗大卫不对，他有意撞人，秦操哪里经得起他撞嘛。我把秦操拉起来，劝他不要哭："使劲吃饭，使劲长，比罗大卫长得还胖，然后撞回来，看他还得意不！"

还有两天就到"六一"儿童节了，李老师说，今天园长宣布表演那天要评奖。我们班为了得一等奖，增加了一个节目，让我独舞《娃哈哈》。一共编排了四段，叫我回家要反复练习。

明天就要演出了，今天李老师把《娃哈哈》的舞蹈又加了两段。妈妈很担心我记不住导致到时候出洋相，就请李老师不要加，最好减成两段比较保险。李老师说："你放心好了，她肯定记得住的。即便是搞忘了，她也不会出洋相。她会自己编些动作把节目演完的。”

今天是“六一”儿童节，妈妈给我穿上自制的花裙子，戴上新疆小帽子，我一段不漏地表演了独舞《娃哈哈》，获得了好多掌声啊！家长们都询问我是谁家的小孩，我看见爸爸的嘴巴都笑得合不拢了。

最近我在幼儿园表现得有点好，但又有点不好。我听话，坐姿好，发言好，老师就表扬我。我装傻，吃饭掉队，老师就批评我。我不想上幼儿园了，主要是吃不下饭要挨批评，让我很不开心！

老师请妈妈到幼儿园去，要妈妈想办法解决我的吃饭问题。因为一到吃饭的时候，我就坐在那里拖时间。老师好好说，我不听；老师生气，我就哭；老师喂饭，我就吐。老师实在没有办法了，只好请家长。

今天妈妈按照老师的建议带我去看中医，不上幼儿园，我高兴得很，表现得很好，一路上又听话又快活，回家后也不怕吃中药。

可惜好日子没过两天，我又被送到幼儿园去了。我知道不上幼儿园是不行的，我也知道不改正缺点是不好的。这两天我努力改正了，吃饭没掉在最后面。

今天，妈妈叫我对自己的表现进行一下总结，我说："虽然，我是中班最小的孩子，但是，我名列前茅。而且，我也很能干，把所有小朋友都组织起来成了我的'部下'。我还经常带操、领舞和组织常规训练，还帮老师发东西。""缺点呢?""嗯……暂时还没发现。"

下午，蒋老师让我带小朋友们上活动课，我可开心了，因为可以"管人"。我把胶泥发给大家，小朋友们就用胶泥做各种东西。谁说话，谁坐得不好，我就把谁的胶泥收了。等其改正了，我再把胶泥返还。有几个"老油条"很"配合"我，老是怕我没有事情做，我也不客气啦，把他们的胶泥都没收了，不认错改正就不给他们!

我想出一个很好玩的把戏，只要我比爸爸早回家，就把门关上。等他敲门时，我就说："必须唱'小兔子乖乖，把门开开'。"爸爸只好在门外唱。后来我又说："光唱不行，边唱边跳。"这下他不干了。可能因为爸爸身着军装，一个人在门外又唱又跳的，怕被过路的人看见。这时，妈妈便出来解围，让我适可而止。开门后，我说："我发现了一件事情。""啥事？""爸爸犟不过我，我犟不过妈妈。"

妈妈的手很巧，她用红毛线织了一顶帽子和一条围巾，妈妈戴上帽子和围巾的时候好漂亮啊！我对爸爸说："我也想帮你做事！""做什么事呢？""帮你织毛衣、帽子和围巾。""为啥呢？""也把你打扮得漂漂亮亮的呀！"爸爸听了笑得合不拢嘴。

【4~5岁】

我满四岁了，爸爸妈妈买了生日蛋糕送到幼儿园，中班的小朋友们一起给我庆祝生日。想到有蛋糕吃，大家都很高兴，齐声高唱《生日歌》，声音大得快把我的耳朵震聋了。晚上回到家，爸爸妈妈送给我生日礼物，是我最喜欢的小自行车，还请了许多邻居小朋友们来玩。最后我们一起去礼堂观看了新年文艺晚会。我玩得又开心又疲倦，倒在妈妈的床上就睡着了。

我最喜欢过年了，过年不用去幼儿园，又好玩，又有红包，还可以放鞭炮，放焰火，好开心啊！我问爸爸，即然大家都喜欢过年，那为什么要隔很久才过一次年呢？天天过年就好了！

又有很多天没去幼儿园了，我喜欢在家里，他们上班走了，把我锁在家里我也愿意。但是他们不愿意。“在幼儿园可以上课学习，还可以和其他小朋友交往，比在家好多了。难道你就想在家里混日子，一直混成白发老太太？”他们问的这个问题我倒没有想过。

墙上挂着爸爸妈妈的结婚照，他们看起来好帅气、好漂亮。我问：“妈妈，我长大了也要结婚吗？”“当然啰。你想和哪个结婚？”“我也和爸爸结婚。”“你以前不是说要和妈妈结婚吗？”“这个你都不懂呀！女孩子要和男孩子结婚，你又不是男孩子。”“那……你怎么不和其他男孩子结婚呢？”“因为其他男孩子没有爸爸帅，没有爸爸表现得好！”妈妈没有话说了，她已经不是我的对手啦！

今天刘生元出水痘，园长婆婆打电话叫他爸爸把他接回家了。他看起来活蹦乱跳的，为什么可以不上幼儿园呢？妈妈告诉我，水痘是传染病，要把病人隔离开，不然就会到处传染。哦，那我也想出水痘！趁妈妈不注意，我偷偷跑到刘家去了。可是，一会儿就被他妈妈送回家了。哎，想得水痘都不行！

这两天我有点躁动，妈妈说我“不听招呼”，非常调皮。还说明明一点都不好笑的事情，我却傻乎乎地笑个不停，讨厌得很。我自己并不觉得，不知道是怎么回事。

课间操的时候，我把周鹏川推倒在地，是他自己要惹我，还做出要打我的样子。我一发火，就把他推倒了。然后看他可怜兮兮的，我知道错了，就把他拉起来，说：“下次不要这么看我了哈！”

哈哈！我终于如愿了，得水痘啦，这两天没上幼儿园。今天爸爸第一个吃完饭，得意地说他赢了，我劝他不要得意，他说我经常争着吃完饭当第一名，还不是得意。我告诉他，那不是得意，是表达上进。

我喜欢看动画片，爸爸喜欢看新闻联播，我和爸爸说好，每天演对方喜欢的节目的时候，不能打扰对方。这天，爸爸值班不在家，电视里面还是在播放新闻联播，我跑进厨房对妈妈说："演电视的叔叔也不动脑筋想一下，明明爸爸不在家，演什么新闻联播嘛，又没有人看。"妈妈哈哈大笑："你以为电视台是我们家办的呀！"

裴渝放学回来对我说，黄老师、李老师、蒋老师三个老师都想我了，问我什么时候上幼儿园。我才不想上幼儿园呢！我模仿爸爸的口气说："观察观察再说吧。"

我又上幼儿园了，小朋友们很欢迎我，但是陈易然不乖，她抢占我的座位，我叫她让，她不让，我俩争了起来。小朋友们分成两派，一派为我加油，一派为陈易然加油。最后黄老师来了，叫陈易然回到自己的座位上去。哼，以为比我大一岁就可以欺负我吗？

我和肖韩成为好朋友了。还有罗大卫、左宇他们也是我的好朋友，他们天天都选我当"蓝妹妹"，不选其他女孩子！就像《蓝精灵》里面一样的，他们全都听我的话，保护我。

一天，我问爸爸我是哪儿来的。爸爸说："垃圾桶里捡的。""就是楼下那个垃圾桶吗?""嗯。"一连几天我都去看那个垃圾桶，却一直没看到有人扔小孩在里面。爸爸肯定是哄我的，可是他又不像在开玩笑。

早上洗脸的时候，我一直叫唤，妈妈一看："不对哟，左边腮帮子怎么是肿的呢？快点带起去看（医生）。"原来我得了腮腺炎。上午打针的时候我哭了，但下午我没哭，因为有个小妹妹在旁边要哭不哭的，我的勇气一下就出来了。结果我得到了表扬！

黄老师和李老师带我们在幼儿园操场上种花，先挖一个坑，把牵牛花种子放进去，盖上土，然后浇水。如果可以种"钱"就好了！

今天老师带我们到学校的花园去观察春天，我和崔媛媛手牵手，边说边走，可高兴了。到了花园里，我们看见了紫丁香，可它一点香味都没有。我们还看见了美人蕉，一点也不美，就是几片叶子。不知道是谁给它们取的名字。

老师叫每个小朋友带一张照片，用来布置教室，妈妈让我把四岁生日照带去了。李老师看着照片说：“哇！好乖哟。我要把这张照片放在花蕊里面。”就是放在所有照片的中心。照片贴出来后，我觉得自己是有点乖呢，比“蓝妹妹”还漂亮呢！

我们在幼儿园玩“一对一拔河”的游戏，好好玩啊！男孩子一边，女孩子一边，一边出一个人，被另一边拉过去的就算输了。我负责组织女孩子这边，肖韩负责组织男孩子那边。他的脑瓜有点笨，明明当头儿主要是指挥，他却亲自出马和女孩子比赛。我专门让高大的女孩子去和他比赛，几下就把他拉过来了。

我告诉妈妈，李老师带我们去学校的水池边玩耍，我看到了柳树，树叶尖尖像一把小剑，树枝弯弯垂到水里面，真像一位披着长发的姑娘。妈妈一定是被我的开心感染了，就开始用抖抖的声音唱起了《滇池圆舞曲》。哎哟喂……听得我鸡皮疙瘩一串一串地往外冒。

暑假到了，我们大班和中班合在了一起，每天到幼儿园光是玩，不上课。因为学校的老师放暑假了，有些小朋友也跟爸爸妈妈度假去了。幼儿园剩下的小朋友不多，没有什么好玩的，老师也轮休去了。我开始眼红那些老师了，哪怕妈妈是幼儿园的老师也好呀！

妈妈忽然发现我唱歌的声音很好听，我很低调地告诉她，早就听李老师夸过了。这下好了，每天晚上只要有空，妈妈就把我叫去唱歌，她用电子琴伴奏。开始那两天，我兴致很高，又过了两天，烦了，但又不敢不唱，就使劲乱吼，一下就把嗓子吼哑了。这下唱不成了，我高兴极了！

这几天妈妈在家休假，没让我上幼儿园，却非要让我画画。嘿！我发现越画得好就越是没有好日子过，妈妈可能以为再加把劲我就成神笔马良了吧？我又烦了，只有乱画啦，不是把狗耳朵画成兔耳朵，就是把人画成丑八怪。妈妈发火了，我赶紧说："你知道我还小嘛，要爱护我的眼睛哦，所以要少画。不要打我嘛，因为挨打很痛。"妈妈听完就笑了。

明天，我要跟妈妈去桂林了，她带我去"见世面"。我从来没出过远门，也没坐过火车和飞机，所以非常激动，这几天一看到她就说："我要听你的话，要讲文明礼貌，要好好吃饭，不娇气。""好好好，我会带你去的，放心吧。"

我们坐上了开往柳州的火车，要连续乘坐 26 个小时。我觉得火车上很好玩，我像爬攀登架一样不断地从下铺爬到中铺，再爬到上铺。有时和叔叔阿姨、婆婆爷爷摆摆一下龙门阵，有时折纸玩，大家都夸我乖，妈妈也很开心。

妈妈把一叠钱装进我的小花口袋里，再用手绢塞上。她说："如果有人问，你就说装的是糖糖。"结果今天真有个叔叔问我口袋里面装的是什么，我说是糖。他说："给我吃点好不好？"我说："不好！你吃了我就没有了。"然后我很怕他来翻我的口袋，赶紧攥紧口袋跑到妈妈那儿去了。

中午，我爬到中铺去玩，妈妈叫我看看有什么书扔下来给她看。我告诉妈妈只有英语书，把大家都惹笑了："怎么这么点儿大的娃娃就认识英语呢？"我告诉他们，爸爸经常看英语书，我跟着就看会啦。

到柳州后，徐阿姨买了下午 4 点钟去桂林的火车票。在车站，妈妈发现我的右脚被挂破了，正在流血，赶紧找纱布给我包扎。晚上 9∶30 才到了桂林火车站。我脚上的伤口已经不疼了，但包脚的纱布抵得我脚底很疼。我看到妈妈一手提着箱子，另一手拎着手提包，知道她没法抱我，就咬紧牙关跟着走。

我们边走边打听要去的旅馆，走错了又返回，走了很久。妈妈不断扭头看我，夸奖我，我看到她眼睛里有亮闪闪的东西。徐阿姨也夸我好懂事。我一声不吭地跟着她们，而且发现如果瘸着走就没那么疼了。直到晚上 11∶30，我们才走到旅馆，我来不及洗漱，倒在床上就睡着了。

这两天，妈妈有事时，就把我关在屋里，绕着床比划了一个圈，只准在床上玩，因为超出这个范围的地方有电源、电线和窗子。我问："玩累了的时候，可不可以到窗子边去看风景?"妈妈马上说："不可以！爬窗户，那不和摸电源差不多呀！你不准下床哟!"我没超出妈妈比划的圈，自己在床上看小人书、折纸、做算数，还给打扫清洁的阿姨讲了故事。

妈妈办完事了，我们坐船去游漓江。这儿的山和重庆的山不同，像盆景一样。江水也和重庆的水不同，绿绿的、清清的，看得见底。船长告诉我们，漓江有四宝：鱼、虾、蟹、田螺。我品尝了蟹和田螺，味道还可以。

到了阳朔，我们上了岸。沿途尽是卖纪念品的，我们买了戒指、项链、玉葫芦、草编包、手镯等。后来妈妈发现掉队了，就催我快走，可全是上坡路，太阳当空照，又热又累，实在走不动呀！眼看时间来不及了，幸好有个一起来这里的叔叔倒回来，抱起我就跑，终于跑到了我们的车上，全车人都等着我们的。

武汉的赵阿姨和我们同住一个房间，她很喜欢我，给我讲故事，教我做算数，还教我折纸。妈妈说："你还有点厉害呢，把赵阿姨的观念都改变了。"以前赵阿姨一直不愿意要孩子，可这两天她很喜欢孩子，愿意要我这样的孩子。她送礼物给我，还让我给她留了地址，说她今后会来重庆看我的。我告诉妈妈，我不想回家了。妈妈说："难道你想跟到赵阿姨走呀？""不是，我只是还没有玩够。"

晚上，妈妈把我抱上洗漱池，转身拿毛巾时，告诉我别乱动。她刚一转身，我就去拧水龙头，正好拧到热水管，突然冒出的热水浇在我的脚上，我一下子就从洗漱池上仰面朝天地跌下来。我大哭，妈妈急忙抱我去找隔壁的医生伯伯看，还好不严重。她气得都不知道怎么骂我啦！我知道错了，然后自己乖乖地睡着了。

早上醒来，我觉得不舒服，妈妈摸了摸我，一身滚烫，赶紧给我吃了几颗药。10 点多钟烧退了，12 点钟又开始发烧，头昏沉沉的，躺在床上不想动。妈妈叫我坚持一下，上了飞机一会儿就回家了。哦，一定是我太贪玩，受到惩罚了。我不想玩了，只想回家。

在飞机上，我大部分时间都在昏睡，妈妈几次叫我看窗外的景色，我勉强看了几眼，能记住的有这么几点：①重庆的机场比桂林的好；②我们的飞机最先在白云的下面，后来白云在飞机的下面，云层就像一朵朵棉花堆成的海一样；③坐飞机没有坐火车好玩儿，一点都不自由。

现在我是中班的“老大”了，以前中班的同学们都升到大班去了。我又不愿意上幼儿园了，和一帮小孩子在一起，好傻啊！而且他们没有一个是我的好朋友。妈妈要我拿出大姐姐的样子来，照顾和爱护他们，这样他们就会慢慢变成我的好朋友。

现在是叶老师、窦老师教我们。叶老师给我们讲《滑稽人和公主》的故事，很有趣。窦老师教我们练嗓音，小朋友们唱得五花八门，哇哇地乱叫，难听死了！后来窦老师干脆叫我们分成四队做游戏了。

老师明明说的，谁表现得好，下午就评选谁当乖孩子，再发一朵小红花。我使劲表现，可是下午并没有评，气得我直想哭！今后我再也不相信老师了，说话不算数！

中午睡觉的时候，有个新来的女孩子想妈妈了，边哭边吼。老师劝不住，生气了。可她一直不停。直到哭累了，她才睡着。

妈妈今天训练我的观察能力，发现我对几何图形和颜色的分辨能力很强，就对爸爸说："哪天找人咨询一下，看看这个孩子长大了是不是适合搞建筑设计。"我才不想搞什么建筑设计呢，我长大了要当卖车票的售票员！

窦老师选我当这一周的值日生，别人都只能当一天哦！但是今天下午我差点被取消资格了。因为我带头边跑边吼，一直闹，窦老师就把我手臂上的红袖章取了。当时我并不难过，不让我当就算了，当值日生一点也不自由。可是快放学的时候，窦老师又把红袖章给我戴上了。

上午，窦老师教我们跟着音乐的节奏自己编动作跳舞，我摇头晃脑，手舞足蹈，窦老师和蒋老师还不知道我这么厉害吧！她们都说我跳得好，叫小朋友们全坐下，看我一个人跳，然后让大家跟我一起跳。

明天，幼儿园让我们中班参加美化评选活动，老师叫我们回家做小制作。妈妈教我用纸折了很多桃子，再染成红色，然后挂在小树枝上，桃树就做好了，最后把它栽在小花钵里。我还用纸折了一座宝塔。

窦老师夸我的小制作做得好，放在桌上很醒目。叶老师把我在家里画的两幅画选去，一幅是《赶小海》，另一幅是《我种上一朵小红花》。我在幼儿园绘的画也被选了三幅贴在墙上。我听见有个领导站在画的面前说：“不错呀，去参加幼儿美术比赛没准要得奖呢。”我觉得，肯定是说的我啦！

爸爸出差去广州了，我很想他，叫妈妈写信的时候别忘了帮我写几句。第一，叫他要好好工作，不要三心二意。第二，希望他早点回来，不要在外面晃来晃去耽误时间。第三，吃饭不要吃得太少，不然没力气，也不要吃得太多，免得肚子胀起难受。

叶老师上课讲的内容是关于牙齿的卫生知识，然后让我、莫西西、高杨三个人上台去，让大家看我们的牙齿。我的牙齿最好，莫西西的较好，高杨的牙齿不好，长了很多虫。我对妈妈说，每天早晚我都要刷牙，还要少吃糖，让她监督我。妈妈说：“你不会自己管自己呀？”“要是我能自己管自己，那还要妈妈来干什么呢？”这下妈妈无话可说了。

高杨生病了，在病房输液，叶老师带我和宋诗然一起去看望。高杨的婆婆一个劲地夸我乖，叶老师说我是班上最能干的，我都不好意思了。我对高杨说：“这是全班同学送你的礼物，你快点好起来嘛，我们都很想你！”高杨本来哭兮兮的，被我说得笑嘻嘻了。

我和妈妈最喜欢看爸爸跳“小天鹅”了，他双手张开做拉住裙子下摆的动作，踮着脚尖，一会儿向右一会儿向左舞动，身体笨重，动作蹩脚，简直是丑化天鹅啊！我和妈妈笑得在沙发上打滚。爸爸说这是他每年在科室团年会上的保留节目呢！

这两天我又吃不下饭，还吐了几次。叶老师给妈妈说了，妈妈帮我找原因，发现是因为我边吃边玩，天气这么冷，饭菜很快就凉了，吃下去就容易引起呕吐。妈妈叫我一鼓作气，趁热吃完。今天我就是这样的，一次也没吐。我有点佩服妈妈。

我告诉妈妈，今晚我要早睡觉，明天早起床，就可以早到幼儿园。妈妈以为老师批评我了。才不是呢！每天早上我到幼儿园时，早操已经开始了，有时都快结束了。我好久没有领操了，都有点影响我的威信啦！

每次上写字课时，窦老师就要表扬我。她说：“大家都转过头看看，人家写字的姿势多好。”这是因为爸爸妈妈很早就教我正确的写字姿势，还专门买了防近视、驼背和斜视的东西。

我和小朋友吵架被告了，妈妈“修理”了我：“为什么不团结小朋友？我教过你没有？”“我搞忘了。”“那我再重复一遍。首先不要惹别人，如果别人惹你，你就好言相劝，如果他不听，就去告诉他的家长。记清楚没有？”我不慌不忙地说：“妈妈，你说掉了一句，如果告诉他的家长还没有用就回来告诉你。你自己都搞忘了。”妈妈又被我逗笑了。

早操跑步是绕着操场跑，我经常早早到幼儿园排在第一。可是今天朱青青比我早，我排在了第二，屁颠屁颠地跟在她后面。我不甘心呀！我越跑越慢，渐渐和朱青青拉开了距离，后面的小朋友跟着我的脚步慢慢跑，朱青青以为我们都跑不过她呢，就飞快地往前跑，一会儿就追上了队伍的尾巴，变成了最后一名。而我，当然就是第一名啦！我别提多高兴了！

今天晚上，我和妈妈让爸爸读报纸给我们听，必须用普通话，爸爸的“川普”难听得不得了，又结结巴巴的，我们肚子都笑疼啦！我突然想起一个问题，问道：“是不是我永远都跟爸爸妈妈在一起？”“不，你长大了要和你的孩子和孩子爸爸住在一起。”“那我要把孩子和孩子的爸爸赶走，我还是要和你们在一起。”爸爸妈妈互相看了看：“那好，我们现在就把你赶走，你走吧！”糟了！我这么聪明的脑袋瓜怎么没想到这一层呢？“我不当你们的孩子，当你们的佣人好不好？”全家大笑。

爸爸妈妈从不给我零花钱，逢年过节亲朋好友们给的红包我转身就交给他们。妈妈会给我一点零花钱，我把这些钱都攒在一个小钱包里。每逢我们全家外出时，我就会带上小钱包，当需要零钱时，我就大方地打开小包“帮忙付款”啦！

【5~6岁】

今天我升大班了，张老师和钟老师来接我和另外七个小朋友到大班去。老师们编好了座位就介绍大家互相认识，然后开始常规训练。和中班的常规训练不同，大班练习“听铃鼓”“听口令”。另外，这两天吃饭时我没有吐，我想是因为我长大了，上大班了嘛，可能肚子也长大了，可以多装一些。

张老师让新老同学组成互助小组，一般是老的带新的。宋祥是我的搭档，因为他很调皮，我们这一对就很特殊，不是宋祥管我，而是我管宋祥。我觉得张老师很有眼光，我怎么就是与众不同呢？妈妈给我泼冷水："自己的'稀饭'没有吹冷就不要去吹人家的'汤圆'。先把自己管好，才有资格去管别人，听到没有？"

晚上，电视里有个幼儿园小朋友说南京的特产是杨花萝卜。妈妈问我知不知道重庆的特产是什么？我知道广柑是重庆的特产，老师讲过的，还有怪味胡豆。

北京来了两位老师对我们进行抽查考试，我被抽去了。很奇怪哟，我不认识她们，也没告诉她们，但是有一位老师知道我的名字。考试的项目有问答、唱歌、跳舞和绘画，我不知道自己得了多少分，但是我看到考卷上尽是"√"，没有"×"，我肯定考得不错啦！

今天是星期天，从校园里散步回来后，妈妈说："你把今天看到的景色形容一下。"我就用普通话说："春天到了，小树发芽了，花儿开了，小草从泥土里悄悄地爬出来了。校园里用树枝编成的拱门长出了嫩绿的新叶，一丛丛红色的、白色的、黄色的花儿竞相开放。春姑娘给我们带来了多么美丽的春天啊，我要感谢可爱的春姑娘！"

我以为妈妈要表扬我，可她只说了一句还可以。她也太吝啬表扬了嘛！

今天我们大班上观摩课，老师们全部都来听课。第一节是语文课，张老师拿出一张印有花朵的卡片让我们形容。莫西西说："美丽的花。"我第二个发言："千姿百态的花。"结果接着有两个小朋友都跟着我说了"千姿百态的花"。

中班的刘老师想剪个"五角星"发给表现好的小朋友，但是她不会剪。她问了其他老师，大家都不会。后来她想起我了，就把我叫过去，问我会不会，我说试试吧。妈妈以前教过我的，虽然有点麻烦，但我想了一下，试着把纸先折了几折，等剪出来一看，真的是五角星！她高兴极了，不停夸我。

昨天，妈妈、蔡阿姨带着我和娇娇姐姐去我家后山玩耍。天气很好，微风轻轻吹着，柳树枝随风摆动，像在跳舞一样。我们来到水塘边，里面有好多小蝌蚪，长得圆鼓鼓、黑油油的，小尾巴一摆一摆的，好可爱啊！我和娇娇姐姐用网子捞了很多，小桶里面密密麻麻一片，我们高兴地直嚷："大丰收啰！大丰收啰！"

路过农民伯伯的菜地时，我的“聪明才智”发挥出来了。胡豆、萝卜、油菜等，我全都认识，娇娇姐姐跟我学了不少知识。

然后我们去采野花，采红果果和绿果果，还采了一种“豨签草”，表面有一层金黄色的粉粉，撸下来就像辣椒面一样。我和娇娇姐姐用这些东西“过家家”，做出来的“菜”好好看啊，看到都想吃，但是不能吃。

后来我们坐下来吃东西，点心、卤菜、水果应有尽有。我和娇娇姐姐吃得很香，感觉比在家里好吃多了，看来以后应该经常出来野炊。

蔡阿姨看了我的小房间，里面整整齐齐、干干净净的。她说娇娇姐姐比我大三岁，都没有养成收拾房间和保持整洁的好习惯，一定要让她好好向我学习。我们赶紧说：“是妈妈非要我收的。”

今天我们班上的男孩子们好奇怪，一会儿这个叫我不跟那个玩，一会儿那个叫我不和这个耍。我才不理他们呢！要团结友爱，要和每个同学做好朋友，这个道理我早就懂了。

今天班上投票选值日生，我满票获选，比第二名多出了十几票，连那几个一贯调皮捣蛋的男孩子都选了我。

今天我们上公开课。先上算术课，要求每人编一组“和为 6”的应用题。我举手回答：“先飞来 4 架飞机，又飞来 2 架飞机，天空中一共有几架飞机？”接着是音乐课，听《春天在哪里》这首歌曲，听完后老师问我们有什么感觉？我起来发言说：“我感到这首歌很欢快，感到外面景色很美。”最后，老师让我们自己动手做“春天”的模型，我做的“柳树”很好看。我喜欢上公开课。

周老师给我们布置的家庭作业是写一封信，由小朋友口述，家长代写，我的信的内容是这样的。

周老师：

您好！

我不知道您的家住在哪儿，但是我知道您每天都要坐车来上班。您真辛苦，我要为您唱一首歌：

老师老师我爱您，

天天和您在一起，

教我唱歌做游戏，

我们大家都爱您！

周老师说我写得很好。

“六一”儿童节到了，幼儿园在操场上开庆祝会。我表演了花环操和呼啦圈操，还参加了幼儿时装表演。我看见家长们笑眯眯地看着我，有个伯伯还对我伸出了大拇指，问我是谁家的孩子。爸爸高兴得一直咧着嘴巴在那里傻笑。好多叔叔阿姨都夸奖我，说我今天大出风头，妆化得最好，衣服最漂亮，表演最出色，我都来不及谦虚啦！

今天好多小朋友被难倒了，因为叶老师叫大家用最快的速度把杯子里的乒乓球夹出来。小朋友们好不容易夹住，可还没夹出来，球又掉下去了。轮到我了，我看见旁边有水，就把水倒进杯子，乒乓球浮上来了，我一下就把它夹起来了。叶老师夸我聪明，问我怎么就知道把水倒进杯子再夹乒乓球呢。我说：“妈妈给我讲过《皮球浮上来了》的故事，我看见旁边有水，一下就想起来了。”

吃过晚饭，我到球场去玩。很奇怪，今天没碰到熟悉的小朋友。我看见有个大哥哥坐在旁边看别人打球，就和他说起话来。我们怎么那么多话呢，一说就说到了9点。回到家，妈妈正在着急，因为她给我规定的是路灯一亮就必须回家，路灯早就亮了，可我没注意。这下糟了，她罚我两周不准外出玩耍。我知道自己错了，主动认了错，并且说到做到——两周内没出门。

现在是暑假期间，幼儿园老师轮休，妈妈也有公休假，所以我没上幼儿园。下午快下班时，妈妈说："我把你打扮成大皮靴叔叔，等你爸爸回来，看他认不认得到你。"妈妈先给我穿上爸爸的灰色短袖衫和西式短裤，可是衣服太长，裤腰又太大，妈妈就把我的衣服扎在裤子里面，再把皮带扎上。又拿出一顶绒帽戴在我的头上，再把爸爸的皮靴套在我的脚上。然后让我走到门口去迎接爸爸。皮靴又大又沉，我迈不动步子。最惨的是，我从穿衣镜里看到自己的模样，笑得直不起腰，实在憋不住尿了出来，把爸爸的皮靴灌得满满的。妈妈赶快帮我脱掉裤子和鞋子，拿去洗净晾起。结果，这么精彩的场景，爸爸没看到，好遗憾啊！

老师教我们背了一首《毕业诗》，内容如下：

今天，是我最后一次站在这里，

和老师、小朋友们在一起，我是多么欢喜。

再过几天，我就要走进小学，做个一年级小学生，

坐在明亮的教室里，读书写字多么神气。

亲爱的老师，我有很多话想对您说：

三年前我第一次来到这里，玩具扔满地，还要发脾气。

今天，站在这里的还是我自己，

脸上再也没有泥，手帕、袜子自己洗，

还会唱歌、跳舞、画画、讲故事，

懂得了许多道理。

亲爱的老师，我从心里感谢您！

再见吧，老师！

以后我一定来看您，向您汇报我的学习成绩！

我们大班换了新老师，妈妈让我口述一篇文章介绍我自己，简单地描述我的外表和特点。我是这样说的：

亲爱的老师，我已经 5 岁零 9 个月了，我的个子不高，但我长着一对大大的眼睛和一张不大不小的嘴巴。我喜欢绘画、折纸、唱歌、跳舞，经常得到鲜艳的“小红花”。我最大的优点是爱学习，最大的缺点是粗心大意。亲爱的老师，现在您了

解我了吗？

我 6 岁了，离开幼儿园上学前班了。每天晚上回到家，幼儿园的小朋友们还是会来找我一起做游戏。他们抢着向我“汇报”班里的情况，我会认真地听。遇到有告状的，我就一边听一边问，然后为他们“主持公道”。没办法呀，我离“退休”还早得很呢！

冬天到了，我很喜欢赖床。妈妈好不容易把我叫醒，并把我拉起来坐好。结果她一转身，我“咚”的一声又睡下去了。今天晚上，妈妈对爸爸说：“哎，这段时间妹儿很懒，天天早上都懒得起床，脚上的懒筋不知长得好长了。记着赶紧带她去抽懒筋，不然长得太长，抽起来会痛死人。”爸爸说：“哦，就是，明天就带她去医院。”我立马吓得大哭：“我不要抽懒筋，我会很快起床的。呜……”妈妈连忙哄我：“不哭不哭，可以不忙抽，只要你勤快，它又会变短的。”从那以后，每天早晨我再也不赖床了，而且自己起床。

幼儿园举办幼儿汇演，园长婆婆请我回去参加幼儿时装表演。当张老师把我带进排练室的时候，小朋友们高兴得一拥而上，把我围在中央，两个老师好不容易才让大家安静下来。正式表演的时候，我和宋祥哥哥表现完美。杨培姐姐说，她鼓掌把手都拍痛了，还听见旁边有个阿姨也不停地夸我们。

一天，爸爸给我读故事，读到“狼被一枪打中就咽气了”时，转过头来问我：“知不知道什么叫‘咽气了’？”我说：“知道，狼瘪了。”妈妈哈哈大笑：“狼又不是气球！一枪就打瘪啦？”我立马反应过来了：“狼死了。”

几次测验，我都得了 100 分，我认为自己可以当老师了。晚上，我考了爸爸一回，让他做一模一样的考题。他最后只得了 78 分。我轻言细语地说他：“你怎么不动脑筋呢，我还没上小学就能得 100 分，你读完大学才得 78 分，你自己说你是怎么学的呢？”爸爸摇头长叹：“真是时代不同了啊，学前生考研究生，要及格都不容易哟！”

今天我到教务处参加小学入学考试。我从头到尾都不慌不忙，还表演了一个舞蹈。考官一直笑眯眯地看着我。

晚上吃饭时，爸爸打了我一下，叫我好好吃饭，不要着急看电视。我说："不准打人！解放军是保护人民的，你怎么能动手打老百姓呢？像什么解放军嘛？哼，自己好好认识自己的错误，不准嬉皮笑脸的！"

【7~11岁】

我上一年级了。

第一天放学回到家，我立即对妈妈说："我不想去树人小学读书了。""为什么？""我一个小朋友都不认识，其他同学们都有熟人，下了课没有人和我玩。"我的情绪低落，嘴巴撅得老高，眼泪都快掉下来了。妈妈说："别犯傻啦！熟人不是天生的，一回生，二回就熟了呀！"果然，第二天，我就有了一个好朋友，她叫戴领。

前天上午第一节课，我看见刘兴头上贴着块创可贴，我以为他贴着玩呢，后来我发现创可贴边上慢慢有血浸出来，就告诉了谷老师。原来刘兴的头摔破了，老师带他去学校医务室包扎好后表扬了我，说我立了功，而且还是大功，要同学们都向我学习。

我已经能够自己到树人小学门口乘坐班车回家了，所以妈妈有事时就不用来接我。今天，我到校门口乘车处等了一阵，车没来，我就到旁边新华书店看书去了。等我出来时，发现其他搭车的人都不见了，班车肯定已经走了。怎么办？我没有钱，也不知道在哪里乘公交车，干脆到谷老师家去吧。妈妈回家后一直不见我回家，就赶到学校来找我，这时我已经在谷老师家吃过晚饭了。妈妈谢过了谷老师，又表扬了我。但我看见她的眼睛里泪光一闪一闪的……

我觉得我又开始“放射光芒”了，因为谷老师越来越喜欢我了。如果她要去其他班级听课，都是叫我代她“上课”。我很乐意做这件事情，她天天去听课都是可以的，我站在讲台上好风光啊！我“代课”一般都是让同学们抄写拼音，我自己还不用抄写，只需要站在讲台上，专门盯住那几个调皮捣蛋鬼，他们都害怕看我的眼睛呢。我看谁，谁就急忙把脑袋埋下去。

我最讨厌妈妈叫我写日记，我不会写的字，她就让我用拼音代替。放学回来想玩都不行，写什么日记嘛。嘿！我越想出去玩，越是玩不成，因为我敷衍了事，写得很差，妈妈生气了，让我重写。看我嘴巴翘起，妈妈对我说：“小朋友都是哪样事做得好，就喜欢做哪样事。”我听明白了，她是在说我日记写得不好呢！我就不信，从今天起，我一定要多加练习，让她知道我的厉害！

谷老师选我当班上的文娱委员，每天下午上课前组织同学们唱歌。这天下午，有谷老师的语文课。上课铃响了一会儿，谷老师还没来。隔壁教室已经开始上课了，总不能再唱歌啦！眼看同学们开始躁动起来，我赶紧走到班长面前，请他维持课堂纪律。然后我走上讲台对大家说：“请大家把语文课本拿出来，翻到之前刚学的那一课，齐声朗读一遍，再读生字三遍。”随后又请同学上讲台听写生词。这时的课堂纪律好极了，同学们已经忘记老师没来上课的事情，专心地学习。其实，谷老师早来了，故意没进教室，躲在外面听着呢！直到快下课才进来，把大家好好表扬了一番。事过很久，妈妈去开家长会，谷老师告诉她：“这孩子太懂事了，还知道救场呢！”妈妈回来对我说：“你还稳得起呢，这事儿都没告诉我。”其实我是忘记给她说了，每天只要回到家，我记得最清楚的，就是要赶紧跑出去玩儿。

我家小区在一条山脊上。其实，从街道这面，完全看不出是在山上，就是一条街的样子，公路从沙坪坝延伸过来，又向新桥延伸过去。从后面看就是山了，我们管它叫后山。星期天，我们常到后山去玩，其实就是从小区后面下山去玩。

每年五月和六月，山上开满了大黄花（一种野花），大朵大朵的，很好看。这时，妈妈便邀请亲朋好友们带小孩来玩。我们常常是上午出发，到了后山，寻找黄花最多、开得最盛的地方，每人用剪刀剪下几枝，汇成一大把。到了吃午饭的时候，我们找一个开阔的地方，铺上塑料布，摆上面包、汉堡包、卤菜、水果等，或者有时候干脆用山上的干柴生火，烤红薯。然后我们围坐在一块儿吃起来。这些平常的食物，到了野外，就变成了山珍海味，好吃极了，吃得我们的小肚皮胀鼓鼓的。饭后，我们用黄花编花环，戴在头上、脖子上和手腕上。哈哈，我们全都变成了山野公主，妈妈们就开始给我们拍照。后来，我们又去采集红果果、绿果果，摘来野菜，撒上“辣椒面”，玩“过家家”的游戏……最后，我们带上一把把大黄花，准备回家后插在花瓶中。

每次临走的时候，小朋友们都不愿意走，大人们就要对他们做很久的思想工作。直到告诉他们下次还会再来，小朋友们方才罢休。

这次我的语文、数学都考了满分，谷老师奖给我一个文具盒和十个习字本。我一回到家就急忙告诉爸爸妈妈，爸爸高兴得一个劲表扬我，妈妈也很高兴，但没有那么激动，叫我继续努力。我想，她小时候可能经常得满分吧。

谷老师说沙坪坝区要组织小学一年级学生进行“看图作文”比赛，选我参加学校的预赛。结果预赛我得了第二名，第一名是二班的一个同学。谷老师叫我回家告诉妈妈，每天都要在家里训练我的写作能力。我才不想说，因为爸爸妈妈从来不给我布置家庭作业，放学回家吃完饭就可以自由自在地到外面玩耍。这下好了，为什么越学得好反而越辛苦呢？妈妈说这叫“鞭打快牛”，没有为什么，下决心辛苦一个月吧。

于是妈妈很快给我提出了“看图作文”的要求：先要看懂图；然后按图的顺序编写作文；再交代清楚时间、地点、人物、内容；最后一定要保证开头和结尾的内容要精彩。她每天都要让我练习写作一篇，不知道她从哪里找来的那么多图！

嘿！沙坪坝区小学生“看图作文”比赛结果出来了，我得了一等奖！学校的另外两位同学得了二等奖。妈妈高兴地对爸爸说：“我就知道我们女儿的潜力大，别看平时耍得欢，关键时刻一抓就灵！”

自从谷老师说要评选“三好学生”，我就使劲儿努力。最后同学们都选了我，每个人都把手举得高高的。可是谷老师说，不要以为自己的票数多就能当“三好学生”，必须每科成绩优秀才行。谷老师好像是专门对我说的，她怎么知道我每科成绩不一定优秀呢？我一定要让她看看！

今天，我终于当上了“三好学生”。本来我以为自己会非常激动，但可笑的是，我怎么激动不起来呢？我把奖状交给妈妈就跑出去玩了。还是疯玩更令人高兴！我觉得爸爸妈妈真好，总是让我玩个够，以后爸爸妈妈要我做什么，只说一遍我就听！

又到过年的时候了，年三十晚上，我们全家坐在电视机前看春节联欢晚会。我悄悄走进小房间拿着小钱包出来，说：“爸爸妈妈，我来给你们发辛苦费，你们辛苦了，我给你们拜年了!"边说边数给他们一人3角钱。爸爸妈妈相互看了一眼,哈哈大笑起来,妈妈眼泪都笑出来了:"历来过年都是大人给小孩发'压岁钱',今天怎么搞反了?反而是小孩给大人发钱啦?""我们孩儿真乖!"然后他们一人给了我一个大红包。我好高兴啊!

一年级下学期我就加入了少先队,如今我是二年级的学生了,可以当选大队委了。今天谷老师叫我准备参加竞选的演讲稿。

演讲那天,我穿着绣花小圆领白衬衫,红蓝格花背带裙,干净利落、不慌不忙地走上讲台。扩音器里我的声音很好听,也很响亮。不一会儿我就演讲完了。六年级的何倩姐姐说,她的手都拍疼了,她们班的同学们全部投票给我的。最后我当上了大队宣传委员。

三年级期间,学校举办评选"十佳少年"的活动。不知怎么就把我评上了,说我学习好、思想好、品德好,总之是德智体美全面发展的意思。妈妈带我去照相馆拍了一张标准证件照,好标准啊——白衬衫、红领巾、红格背带裙、娃娃头,还有我的微笑。照片照好后被贴在了橱窗里。

妈妈给了我一个厚厚的日记本，封面上印着一串串浪花，写着“小海洋”三个字。里面是我从一年级开始，在家里和学校所写过的作文，当然全是写得好的作文啦！妈妈特别喜欢保存这些东西。她把以前零散的转抄在上面，之后的让我直接写在后面。这下出问题啦，学校布置的作文必须交上去给老师批改，谁知道老师批改作文后没把日记本返还给我。妈妈去学校找老师，好不容易把日记本要了回来，并叫我另外拿一个作文本写学校的作文。但是老师还是把我那本“小海洋”要了去，从此以后再也没还给我。妈妈说，没想到老师居然有和她一样的爱好和想法。

重庆成为直辖市后，要召开第一届少代会，我们树人小学有一个名额。真没想到，这个名额落到了我的头上。我正在读四年级。少代会是在大坪红楼宾馆召开的，我看到大多数代表都是高年级的大哥哥和大姐姐，我是最小的了。在他们面前，我很腼腆，不大说话，只当听众。

一年一次的“六一”儿童节到了，请你猜猜这个“六一”

我是在哪里过的？猜不到吧！今年“六一”，重庆电视台和重庆电台联合组织了一个活动，在重庆市五所学校中各选了一名少先队员到昆明去旅游，我有幸参加。抵达昆明时都快到中午了，我们赶紧去游览滇池和龙门，下午去了民族村。五个儿童中，我是最小的，叔叔阿姨们都很喜欢我，说我是“开心果”，还买了很多小纪念品送给我。我把里面最漂亮的那条项链转送给妈妈了。

现在我读五年级了，今年要进行三年一次的少先队大队委改选，我还是被选上了。分工的时候，辅导员黄老师分配我当副大队长。

还有一个月我就要参加小学毕业考试了。今天发下来的数学测验卷子让妈妈大吃一惊，因为我只得了 75 分，两道参考题也做不来，附加分是 0 分。妈妈没有骂我，赶紧到教师进修学校找她小学教数学的汤老师给我补习。最后，汤老师帮忙联系了他们学校最有名的王老师（据说他辅导的学生全部都能考上重点中学），让我成了实习班的插班生，每周末补习两次。

第一次上补习课回来，我觉得信心大增，好像一下子就开窍了。妈妈问我王老师教得如何，我说他和其他老师不同，不是照本宣科，而是开导思路。妈妈放心了，不再过问。一个月下来，我的数学成绩明显见长。毕业考试，我获得了全年级第一名的好成绩，顺利进入重庆市第八中学。

【12~17 岁】

我记得很清楚，小学六年级时，妈妈当上了医院办公室主任，一天到晚忙得不得了。她本来就不大管我的，这下更管不了了，连一学期一次的家长会都没有时间参加。我们一家三口各忙各的，自由自在。

初三的时候，我突然醒悟了，因为我的成绩好像越来越差，老师表扬的学生里总是没有我，批评的名单里却总是出现我的名字。期末家长会前夕，我对妈妈说："我读初中后你从来没去开过家长会。这次你早点请假，一定要去参加，好不好嘛？"妈妈答应了。

开完家长会回来，妈妈脸上一点笑容都没有，给我提了三个要求：第一，上课必须专心听讲；第二，上课不许和别人说话；第三，成绩只准越来越好，不准越来越差。这三个要求只要没做到，那就别怪她不客气了。

从那以后，我严格按照妈妈的三个要求去做，成绩也越来越好。每次测验，我又是班上的第一名了。中考时，我被保送进了高中理科实验班。

大概是高二的时候吧，我对爸爸妈妈说，我不喜欢数理化，比较喜欢文科，想转到文科实验班去。妈妈说，你考虑清楚以后再做决定。两周后，我从理科实验班转到了文科实验班。别看妈妈是医科大学生，她没有学过历史和地理，也没办法过问我的功课。文科班的第一次考试，我的成绩排在第 38 名，直到后来才进入了前 5 名。

到了高三，全班到位于市郊白市驿的分校住读，这下家长们想管也“手长衣袖短”啦！可是，妈妈却一反常态地开始管我了。她经常上网查看全国著名高校近三年的录取分数线、招收专业和招收名额，并制作了一览表，供我填报高考志愿时使用。

周末，爸爸妈妈会做各种好吃的给我。空闲的时候，妈妈就抽查我的“背功”。文科生要背的东西太多了，脑袋都背晕了！妈妈发现我背功不好的主要原因是记忆方法不好。后来她教我先对每个问题进行归纳总结，然后只背这些总结的要点。方法一改进，我立马就进步了！

高考时，我发挥得很好，考了634分，远远高于我的第一志愿——对外经济贸易大学的录取线，结果被提前录取到外交学院了。

到了外交学院，离家远了，妈妈见不到我，也管不到我了。她说，你该自己管自己啦！

第三章

Chapter 3

一个真实的故事

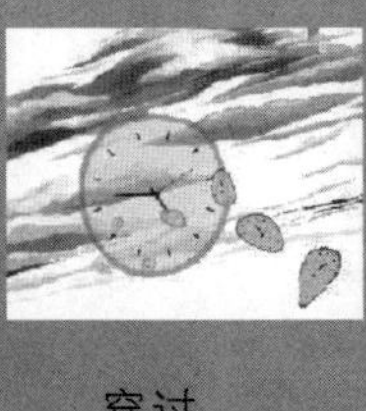

穿过

岁月的晴空

田娟是一个来自县城的女孩，她很单纯，像一汪清泉，不含任何杂质。田娟插队落户的生产队从来没有接收过知青，没有现成的知青住房，生产队就把周家院子的库房腾给她住。

周家院子呈“凹”字形，住着九户人家。院子坐南朝北，面前是一大片庄稼地。近处，是院内几家的菜园地。茄子秧开着淡紫色的花儿，枝上挂着青白的或淡紫的果实。藤菜水灵灵地站在水洼中，有的还缠绕着几朵挺好看的白色喇叭花。丝瓜藤长得最好，爬满了藤架，大片大片的绿叶中开着大朵大朵的黄花，引来几只花蝴蝶上下翻飞，还不时听得见蜜蜂的嗡嗡声。丝瓜缀满了藤架。远处，是生产队的稻田，禾苗正在扬花，一大片翠绿的绒毯中镶嵌着一个开满荷花的大堰塘。

田娟下队那天，满屋子挤着前来看热闹的人们。周二嫂拉着田娟的手，羡慕地说：“啧啧啧……看嘛，人家城里人就是不一样，你们看田知青这个皮肤哟，白得就像玉一样。”

田娟的脸蛋儿说不上漂亮，但的确是少见的白。细眉细眼，嘴巴虽大，也还耐看。按当地的说法就是“一白遮千丑”，有这么白净的皮肤，田娟可算是大美女了。

众人不免七嘴八舌：“这么乖的姑娘，爸爸妈妈怎么舍得哟！”

“要是我有这么个漂亮姑娘，才舍不得把她丢到一边去呢，肯定珍惜得很！”

“城里人是不一样。看嘛，床上铺的不是席子，是线毯哟！”

“箱子都是皮的，人家田知青家里经济好得很！”

志素性格爽朗，拉着田娟的手说：“田知青，你初到乡下，可能很不习惯，如果晚上害怕，需要搭个伴儿什么的，给我说一声就是，我来陪你。”

周三婶问：“田知青，你有没有兄弟姐妹呀？”

“有一个弟弟。”

“那你爸爸妈妈为啥不让你弟弟下农村来呢？”

“反正都要来一个，我来他来都是一样的。”

“那不一样，女娃儿没有男娃儿省心。”

“对头①，说起我们这些农村人，心肠也没得这么狠嘛，舍得把自己的女儿丢到农村来吃苦！孤苦伶仃的。啧啧……”

一席话说得田娟心里酸酸的。她是个单纯听话的姑娘，从小就没让父母操过心、劳过神。这不，因为弟弟太调皮捣蛋，用妈妈的话说，让弟弟下乡去，等于是放虎归山，肯定有去无

① 意为“是的”。

回。于是，她听从父母的安排，把留城的机会让给了弟弟。

＊＊＊＊＊

五月，晴空万里，稻田里传来秧鸡的叫声，几个小孩扎衣挽裤，在田里循着秧鸡的叫声左右围攻，试图将它抓住。麻雀在树上跳来跳去，一会儿飞下地，一会儿又飞上树枝，不知在忙些什么。庄稼地里的苞谷亭亭玉立，穿着碧绿的衣裳，在和煦的微风中婆娑起舞。麦子已经熟透了，沉甸甸地耷拉着头，好像娇羞的新娘等待着过门的日子。

吃过早饭，已是上午九点钟。队里安排割麦子，田娟跟着隔壁的周二嫂来到麦地里，镰刀是周二嫂借给她的。周二嫂的男人被派到水库去了，他的弟弟，就是那个叫周强的小伙子，帮她把镰刀磨得很锋利。周强是返乡知青，就是农村青年读完了高中，又没有直接考大学，就返回家中务农。田娟觉得他一点也不像农村青年，个子高高的，鼻梁挺挺的，眉清目秀，书卷气很浓，比她弟弟文静帅气多了呢。

“这样，左手捏住一把麦子，右手用镰刀割下来，然后顺手把麦子放在边上，几把捆成一捆就行了。”

周二嫂边说边做给田娟看。割麦子不难，田娟马上就学会了，可就是动作生疏得很，人家两下三下就把面前的割完了，而田娟要多花几倍的时间。不一会儿，田娟就被甩在了后面。

太阳越来越晒，田娟满脸通红，汗如雨下。麦苗叶儿在脸上滑动，给汗水一渍，又刺又痛，她不停地擦着汗水，脸上弄得红一道白一道的。

这时，耳边传来低低的声音：“不要使劲擦，不然越擦越疼。”

田娟抬起头，只见周强从前面返回来，一捆捆麦苗均匀地躺在地上，周强歪着头关心地看着她。田娟照他说的做，顿时感觉凉爽多了，脸上也没有那么难受了。她直起腰，感激地看了他一眼，脸却更红了。

“周强，你在学雷锋吗?”毛全打趣地拖着嗓子喊，“再帮忙擦一下汗水嘛!”

周强未搭腔，志素打抱不平了：“讨厌的毛全，只会说吊儿郎当的话，周强可是个老实的人。”

“对头，还记不记得小时候我们一起做游戏，叫他当母鸡抱（孵）蛋，他就老老实实蹲在鸡窝里。”

一想象周强抱鸡蛋的样子，田娟忍不住“噗哧”一下笑出声来。

田娟最怕做的事情就是担水，因为她从来没有担过水，空水桶挑在肩上都硌得肩膀生疼，走起路来像在扭秧歌，摇过来荡过去的。她多羡慕志素、小珍呀！她们都有哥哥弟弟，像担水、挑粪、拉煤炭这些需要力气的活儿，根本就用不着她们做。田娟无依无靠，只好自己挑着水桶到井边去担水。

她把水桶放进井里，打满大半桶水，咬紧牙使劲儿往上提，无奈一个趔趄，要不是她赶紧扶住井沿，差点就被拖下井去。

“哎呀！”一只大手攥住了她的胳膊，她这才站稳了。回头一看，是周强，他也来担水。

他帮她把水桶提上来，倒掉水，憨厚地说："别担了，一会儿我多走一趟给你担来。你把空水桶担回去吧。"

田娟觉得很不好意思，脸窘得通红，又不知说什么好，看着他熟练地打满水，系好扁担，"咯吱咯吱"地担着水走了，这才乖乖地挑着空水桶跟在后面，一股暖流涌上她的心头。

回到家，她赶紧从箱子里翻出一袋没舍得吃的饼干，等周强往她水缸里倒完水的时候，把饼干递给他："谢谢你，这个你拿去。"

周强像触电了似的，一下子把手缩到身后："不行不行，我……不要，真不要……你留着自己吃。"

田娟急了，一边往他手里塞，一边红着脸说："拿到嘛，你不要，今后我也不要你帮忙了。"

周强愣了一下，亮亮的眼睛盯着她："那你以后就不要去担水了，我顺便帮你担了，好不?”

田娟满怀感激，脸臊得通红，慌乱地点点头：“嗯，那就谢谢了!”

* * * * *

周强斜躺在山梁上，双肘枕在脑后，望着天上的星星出神。

其实，开始他一点想法都没有，城市和农村，一个在天上，一个在地下，哪里跟哪里嘛！只是一看见田娟就有一种说不出的感觉，是新奇？是怜惜？还是青春的冲动？他也说不清楚。反正就想看看隔壁这个娇气的城市姑娘，看她怎么过得了这又脏又累的苦日子，因此不由得十分注意田娟的一举一动，这就让他看见了田娟割麦子的情形和挑水的样子，正好帮上了忙。

一来二去，小伙子的心弦被牵动了，特别是田娟那羞涩的目光，每每让小伙子陶醉不已，沉入美妙的遐思。他觉得田娟待人特别随和友好，人又温顺、善解人意，一点也没有城里女孩的傲气。

尽管如此，他却不敢造次，能这样就挺好。田娟来了以后，改变了他平淡无味的生活，让他有一种热爱生活的冲动，有一股使不完的干劲，有一种温馨幸福的感觉。只要能够天天看到她，帮帮她的忙，和她说说话，他就心满意足了。他知道他没有资格追她爱她，但又忍不住想她，眼前老是晃动着她的样子。

田娟虽然是个城里姑娘，却并不骄矜，也不自负，她心地善良，生活阅历单纯，从小在学校就默默无闻，在家里经常宽容和忍让不懂事的弟弟。如今跨出家门，销掉了城市户口，独自待在前途渺茫、生活艰苦的农村，不管是在生活上还是心理上，落差都很大。周强的出现，让她初次尝到被异性呵护的滋味，她感到非常温暖。何况周强外表英俊，又有高中文化，举止不俗，温柔体贴，她那颗平静的心被轻轻地拨动了。此时，斜靠在床上的她，也正怔怔地想着他，一想起周强看她的眼神，就觉得自己的脸阵阵发红，心怦怦直跳。

＊＊＊＊＊

吃过晚饭，周二嫂来约田娟："走嘛，隔壁大队要放电影《闪闪的红星》，听说很好看。"

田娟晚上从不外出，《闪闪的红星》又早就看过，因此不想去。她说："外面黢黑，你不害怕呀？"

"怕什么嘛，大人孩子都要去，等会儿全部去看电影了，你才要害怕呢！"

"哦……那我还是去嘛。"

走在路上，田娟才知道，农村放电影，就像城市观礼花、看焰火一样，机会难得，又不要钱。所以，不管附近哪个队放电影，周围的人总是奔走相告，争先恐后地赶着去看。

月光下，只见远远近近的田坎上，一行行人影移动，一串串欢笑声不绝于耳。

同路的除了周二嫂，还有周强、毛全等四个小伙子和志素、月群、小珍三个姑娘。他们像注射了兴奋剂一样，一路上嘻哈打笑。

月群是队长的女儿，正在读初三，皮肤白嫩嫩的，穿件果绿色的毛衣，怎么看都不像农村人。田娟从志素口中得知，月群是队长抱养的远房亲戚的孩子。她的亲爸亲妈都在大城市，据说是某家大工厂的工人。前段时间，全队都在传言月群要去城里顶替她妈妈当工人，可不知怎么，她一直没走。比起志素来，月群不善言辞，不爱抛头露面，两人虽是形影不离的同班同学，但志素口齿伶俐，能歌善舞，性格泼辣，谁都不怕。

“给你们说嘛，有个人很像潘冬子①的妈妈，你们猜是谁？”毛全神秘地说。

“是不是我们认识的？”

“当然认识。”

---

① 电影《闪闪的红星》中的主要人物。

“是不是我们队上的?”

“是呀!”

“让我想一下。”

“猜不到，我们全队没有谁像。”

志素骂道:“毛全又在哄我们玩了，哪里有这么个人嘛?”

“远在天边，近在眼前。”

志素指着小珍:“她呀?”

“错了。”毛全边说边发出一阵笑声。然后转过头看着周强:“冬子!”又向志素努努嘴:“你妈看你来了。”

一群人大笑起来。

志素追着毛全打:“我就知道你没安好心。你调侃人也不是这么调侃的嘛！潘冬子都十几岁了，我当他妈？我看起来那么老吗？”

众人一起喊：“使劲儿打。把他屁股打肿，看他还敢不敢乱说。真是不打不骂不自在。”

而田娟和周强像约好了似的，默不作声，悄悄跟在后面。

闹了一阵，志素突然转过头来，说，“田娟，你怎么不说话呢？”

“我在听你们说呢。”田娟瞄了周强一眼，正好碰上他的目光，赶紧低下头，心里涌上一股甜甜的滋味。

圆圆的月亮钻出云端，银白色的月光洒在田野上，一会儿将他俩的身影拉得长长的，一会儿将他俩的身影重叠在一起，一会儿又将他俩的身影融入树影中。田娟默默地走在周强身边，心中暗自庆幸没有错过这个温馨愉快的夜晚。

走到放电影的晒坝[1]，电影快开始了。晒坝上坐着一大群本队的男女老少，外队赶来的人站在周围，密密麻麻，吵吵嚷嚷。田娟一行人好不容易找到一个稍微空一点的地方站下来。田娟暗暗地留意了一下，周强就站在她身后，穿着一件干干净净的白衬衫。从他身上漫过来的混合着肥皂和泥土味的气息，牢牢地将她笼罩住了，于是她紧紧拉住志素的手，依偎在她的身旁，心里却小鹿乱撞。

* * * * *

一天夜里，田娟迷迷糊糊中被一阵轻微的声音吵醒。窗外，传来窸窸窣窣的声音，似乎还夹杂着树枝折断的声响。糟了，好像忘了关上窗户！有人正攀在窗户的栏杆上，朦胧中依稀可见模糊的黑影。

她吓坏了，一咕噜翻身起床，一边用手“砰砰砰”猛敲隔壁周二嫂家的木板墙，一边颤声喊道：“二嫂……二嫂，快来……抓坏人，抓坏人呀！”

---

① 指农村里摊晒粮食的地方。

窗外的人影一下子消失了，接着是树叶的摩擦声和“蹬蹬蹬”的脚步声。

“田娟，开门！田娟，快开门！”周强焦急的声音在门外响起。

田娟冲过去，打开门，一下子扑在周强怀里，委屈的泪水夺眶而出。看见周二嫂进来，她方才感到自己的失态，慌乱地奔过去，拉住周二嫂的双手：“幸亏你们都住在附近，要不然……真不知道会发生什么事！”

二嫂气愤得很：“是哪个砍脑壳①的，你看清楚没有？”

“只看到一个黑影。”

“查出来了抓他进监狱！”

院子里的人们纷纷赶过来，不知道出了什么事。

① 意为“挨千刀”。

“是贼进屋了吗？”

“没有偷成，幸亏田娟发现了，听到她一吼，就跑了。”

“怪事！我们这个院子以前从来没有发生过这种事。”

“以前？我们这里有什么好偷的嘛，现在知青来了，肯定以为有搞头①嘛！”

众人到屋后察看，只见田娟的窗外灌木零乱，枝叶折断，草丛有被践踏的痕迹。

周二嫂安慰田娟道：“别怕别怕，明天让周强过来帮你把窗子钉得牢牢实实的。以后再听到什么动静，赶快敲墙壁，我们马上过来，看他要搞什么名堂。快把门窗关好，睡觉吧。”

“好，你们回去吧。”田娟泪眼蒙胧地望了周强一眼，心里多么希望他能留下来陪着她。

① 意为“有成功的机会”。

众人陆续回屋去了。

“要不，二嫂你先回去，田娟吓成这个样子，我……”

“那你就再陪她一会儿吧。”周二嫂同情地说，然向门口走去。

夜又恢复了平静。

周强看着田娟，忍不住走过去，默默地站在旁边。田娟一下子软了，绵绵地靠在周强的胸前，一种从未有过的依恋和柔情袭上心头。她的双手环住他的脖颈，脸颊紧紧地贴住他的脸。一股热血立即涌遍他俩全身，俩人热烈地拥吻在一起……

田娟和周强好了，消息不胫而走。上工的时候，几个小青年坏坏地盯着周强，又看看田娟，笑道：“周强，你的水平还高哦，糠兜要跳到米兜去了哟，交流交流先进经验嘛。”

周强腼腆地笑笑，脸红了，不作回答。

周二嫂帮着解围："鬼猴儿，这就叫缘分！可遇不可求，学不来的。明白不?"

"田知青是个好女孩儿，也吃得苦、受得累，就是不晓得她爸爸妈妈同不同意哟?"旁边几位妇女议论纷纷。

"未必田知青不想回城了?"

"耍朋友[①]嘛，不算数的。七大队有个男娃还不是耍了个女知青，招工一走，就算了。害得那个男娃好难过哟，挺精神的小伙子一下子就被打蔫了！"

"对头，还是找个门当户对的稳当些，免得把胃口吊高了，等人家不要你了，再回过头来就不好找了。"

"周强是个好小伙儿，听说队上有几个妹儿有心得很呢。我们去给他说说看。"

---

① 意为"谈恋爱"。

“你们知道不嘛，人家月群连到城市顶替妈妈的工作都不去，还不是因为想着他。这下可能要走了哟。”

“我们还是给二嫂打个招呼，劝周强莫陷得太深，免得到时候回不过神来。”

中途歇工，大家放下手头的活。男人们三三两两坐在一起，拿出烟叶和纸块，慢条斯理地裹着叶子烟；女人们有的拿出鞋底和鞋垫之类的做针线活儿，还有的就地打坐，围在一起摆龙门阵。周强和田娟笑眯眯地一前一后从他们身边走过。

“哎，看他两个好得很呢，模样和人品也般配，只要没有人干涉，说不定能成。”

“那就看他们的缘分了。”

“对头，老话说的，棒打鸳鸯打不散。”

绕过地头，田娟和周强来到一片小树林，俩人停下脚步，周强问：“什么事？你把我喊到这里来。”

田娟看看周围无人，想了想，怏怏地说：“家里又来信了，坚决不同意我们的事情，怎么办？”

周强深情地看着田娟，言不由衷地说：“你……如果你很为难，那就随便你好了。只要你过得好，我就心满意足了，不管你和哪个结婚，我都不会忘记你的。”

田娟委屈极了，原以为他会像小说里的男主角那样，不顾一切维护他们真挚的爱情，竭尽全力排除一切干扰，更加呵护她、爱惜她。殊不知他这么不在乎，一遇到阻力就要放弃她。她眼圈一红，泪水忍不住流下来，然后背过身去，抽抽搭搭地哭出声来。

周强慌了，扳过她的肩头：“你怎么了嘛？我……说错什么话了吗？”

田娟不理他，索性任眼泪流个够。

“娟，对不起，你不要生气嘛，你说怎么办我就怎么办，我听你的。”

“你不是不要我了吗？不是要把我推给别人吗？”

周强急了：“娟，我的心你是知道的，没有了你，我这辈子都不知道怎么活下去了。娟，我真的好舍不得你，我做梦都想和你在一起。但我又怕你割舍不下亲情，怕你吃不了这份苦，下不了这个决心。”

听了这话，田娟心里好受一些了。

“我要是怕吃苦，要是不在乎你，早就打退堂鼓了。其实，有些事情我一直都没给你说，怕影响你的情绪。”

周强温柔地盯着她：“你说嘛，只要你打定主意，其他就好说了，我们一起来想办法。”

“前段时间，家里写信来劝我，我回信讲了我们的情况，希望他们体谅我们，成全我们，哪晓得……”田娟委屈地看了周强一眼，“他们找到公社管知青的王书记，让他做我的思想工作。”

“你给王书记说嘛，我们是真心的！”周强着急地说。

“我是这么说的，他不相信。他说要是我们真心相爱，我就要一生一世生活在这里。说我肯定做不到。”

这也是周强担心的问题。他这么爱田娟，当然希望能和她一起过日子。但如果两人结婚，就只能委屈她留在这里。此时，他真的不知道说什么才好。

田娟抬眼看他，他低下头来紧贴住她的脸，他温暖的怀抱让她充满安全感，他的含情脉脉让她无法自拔：“我们结婚吧，结了婚，事实证明我们是真心实意的，别人就没有什么话说了。”

“可是，你爸爸妈妈不同意怎么办？”

“等他们同意？还不知道他们又要想出什么法子来阻拦呢！”

“那，我们还是要先写信告诉他们办婚礼的事情，尽量争取得到他们的同意，请他们来参加我们的婚礼。”

“好，就这么办。”

* * * * *

周强的房间焕然一新，打扫得一尘不染。

正对着门，是一张新做的木板床，床上叠着两床被子，一床是大红真丝绸被，另一床是绿色富春纺被子。一对雪白的枕套上，绣着喜鹊闹梅的图案。棉布床单是肉红色的底子，上面印着大朵大朵的玉簪花、缠缠绕绕的常青藤、比翼双飞的吉祥鸟，中间还有一个漂亮的大花篮。志素羡慕地说：“好漂亮啊！田知青，晚上睡在这上面，肯定做的尽是美梦。”

左面靠墙处，摆放着新做的立柜，大红色的漆面，描着绿色的荷叶、粉红的荷花和花苞，还有一对戏水鸳鸯。右面靠墙处，摆放着一个新漆的矮柜，上面叠着两个崭新的大红箱子，箱子上同样描着荷花与鸳鸯的图案。靠近门边，放着一张枣红色的方桌，两边是枣红色的靠背椅，另一边放着一根枣红色的长条凳。桌子上方贴着一张年画，画面上是一个大胖娃娃笑嘻嘻地骑在大鲤鱼背上。墙上、立柜上、椅子背上、门上都贴着大红喜字。

田娟的父母一直没有回信，也没来参加他们的婚礼。这样反而简单多了，也省心多了，婚礼由男方操持办理。

婚礼那天，田娟穿的是粉绿色的衬衣、铁灰色的裤子和黑面白底铺边布鞋。周强穿着雪白的衬衣，与田娟一样，也是铁灰色的裤子和黑面白底铺边布鞋。俩人的穿戴，清爽整洁，十分般配。

一群大婶大嫂围着周强你一句我一句：

“哎呀，真是应了那句话，人是‘桩桩’，全靠衣裳。你们看，今天周强好洋气啊！简直就像个知青一样。”

“人家周强本来就帅，只不过平时穿得不好，被泥巴灰灰把鼻子和眼睛遮住了嘛。”

“哈哈哈……”

“周强不是知青吗？返乡知青还不是知青。”

周强听后，红着脸傻笑。

田娟本来就住在周家隔壁，一群姑娘簇拥着穿戴一新的新娘，几步路就把新娘送到了新郎家。

新人拜完天地后，大家最喜欢的“坐歌堂”开始了。不管是传统的老歌，还是时髦的新歌；不管是沙喉咙、亮嗓子，还是倒胃口的“左”调子，大家一展歌喉，不时把围观的人逗得哄堂大笑。

坐完歌堂，大家按照主人的安排，坐在席桌上，等待开婚宴。婚宴由男方一手操办，一共二十桌，专门请了五六个人主厨。按照当地婚宴传统，每桌都是十菜一汤。

婚宴结束后，田娟独自来到新房，她的心情喜中有悲，悲中有喜。她的父母没有来，让她很失望。朝着故乡的方向，她的泪水不由自主地顺颊而下，她默默地许愿：愿父母原谅我们，让我们一生幸福，白头到老！

第四章

Chapter 4

没有缘分的天空

很多年前，我和他在同一所大学、同一年级、同一班级读书。刚好班上的男生和女生人数相差不多，于是便分成了三个男生寝室和三个女生寝室。分学习小组的时候，班干部灵机一动，决定将一个男生寝室与一个女生寝室合成一个学习小组。据说，三个男生寝室分别找出充分的理由要求与我们寝室搭配，弄得另外两个寝室的女生们很不高兴，而我们寝室的女生们像做了亏心事一样。最后，他的寝室“胜出”，于是我们成了一个学习小组的同学。

与其他同学不同，我没有什么青春的梦想，没有什么人生的抱负，不在乎跟谁同组，也不在乎人家怎么看我。我的人生经历给了我冷漠的外表和冷漠的性格，对周围的一切都漠然置之。我不想当什么班干部，也不想抛头露面，不跟男生搭讪，在街上遇到同班同学也视而不见，甚至连班里组织的郊游活动都不愿参加。有一个寒假，我一直待在学校，没有回家过年，因为父亲写信叫我不要回家，说放假这么短的时间却要花那么多的路费，不划算。我觉得很孤独，很想哭，但我早就学会了在人前不要流眼泪。同学们不明白我为什么不回家，为什么会这么冷漠，可我并不愿做任何解释。

那时，他是班上的团支部书记，能说会道，幽默风趣，经常在大会小会上侃侃而谈。平心而论，比起其他班干部来，他比较讨人喜欢，因为他直率、坦荡，没有什么私心杂念，也从不小肚鸡肠。他热心为大家服务，说出的话也不是那么教条，让人容易接受。只是他有时嘴巴不留情，太锋芒毕露，不懂得在女生面前谦让一点，没有太多绅士风度。我都懒得跟他说话。我知道，我们很相像，都是自尊心特强且得理不饶人的角儿，一旦搭上话，可能经常会唇枪舌剑。何苦呢？我的前四分之一人生已经听够了争吵。

都说 77 级大学生最懂事，最珍惜来之不易的学习机会。大三以前，大家都铆足劲儿把全部的时间用在学习上。大三以后，情况就发生变化了，大家对学习已经轻车熟路，相互之间也已经比较了解，时间拉近了某些同学之间的距离，也启动了某些人的青春发动机——有的人开始传递条子、表露心迹，还有的人还没长醒，继续虚度青春年华。

一天下午，我感觉不舒服，赖在床上没去上课。忽然听到有人敲门，开门一看，原来是他，手里提着一篮鸡蛋，说是R同学（我同寝室的一名女生）送给他的，请我帮忙还给她。当时我还没睡醒，脑筋处于一锅糨糊的状态，懵懵地就把篮子接了过来。关门一想，不对呀！R同学送给他的，凭什么我去还呀！真是莫名其妙呢！于是赶紧到男生寝室找到他，把鸡蛋塞给他："你自己拿去还嘛。"他后来究竟有没有把鸡蛋还给R同学我就不知道了，那几天也没想起去看R同学的脸色。

直到某一天，听班上的女生说R同学在追求他，这时我才恍然大悟，才知道他为什么找我帮他还鸡蛋了，是我太实在，没理解他的意思。其实，他是个好人，但他运气不好，遇到了我这个冷血动物。他个性强，不会包容，这样的人我害怕。快毕业时，他和他的邻居好上了，听说那女生追了他很久呢。

由于毕业分配的方案中没有河北的对口名额，同寝室Q

同学被分配到重庆一所中专学校。我是重庆人，当然分配回重庆。我和 Q 同学整理好行装，一起同行。离校那天，他和他的女朋友，还有其他同学一起来火车站为我们送行。当火车启动时，Q 同学放声大哭，伤心得不行，一种说不出的落寞和忧伤在我的心中涌动，我使劲儿忍也没忍得住，眼泪终于没出息地夺眶而出。

毕业后，他出差来找过我，当时我不在单位，在计算机开发研究中心学习。他居然辗转找到了我学习的地方，又耐心地等到我放学。我记不得是否招待他吃过饭，也记不得我们说了些什么话，我想总之是“清汤寡水”的话吧。

后来，我结婚了。成家以后，丈夫脾气温和，对我很好。再后来又有了女儿，我们一家三口，和和睦睦，其乐融融。我的性格渐渐开朗起来，随着时间的推移，过去的岁月在我身上留下的印迹逐渐淡化……

但时不时地，他或我出差到对方居住的城市，偶尔还会见上一面。记得有一次我出差去开会，开完会，先去他那里，拜访了他的夫人，送了他儿子一点小礼物，把行李暂放他家后，又去看望留校的好友 W。W 叫我无论如何都要在她家里住一夜，陪她摆一摆家乡龙门阵。我非常乐意，但想到沉重的行李还放在他家，就有些畏难情绪。W 了解情况后，一个电话打给他，让他把我的行李送来，并对我说，所有同学中最肯帮忙的就是他了。他果然很快就把事情办利落了，这事给我留下了深刻的印象，我们都认为他是一个值得信赖的人。

所以，我愿意向他诉说工作上的烦恼，可我也不知为什么要对他说。也许是丈夫身患重病不能被烦心事影响，也许是我性格内向，长期压抑无法排解心中郁闷吧，总之把话说出来，心里就好受一些了。他虽然远在他乡帮不上什么忙，但他的同情和关心已经足以宽慰我了。

丈夫动了大手术，情况不太好，我的精神压力很大，身体状况越来越差，很多时候我都觉得快要挺不住了。又正值女儿高考，一方面我要承受巨大的精神压力，为丈夫的术后恢复、家务安排操劳；另一方面又要千方百计封锁消息，不让女儿知道情况，以免影响她高考。女儿很努力，也比较争气，被提前录取到北京一所大学。

此时，他已调去北京工作，从其他同学那里听说了我的消息后，打电话来，要我送女儿去北京时，一定要事先通知他，他好安排接待。

在我最辛苦、最无助、最需要安慰的时候，他的关心带来的不仅仅是感动。离去北京的时间越近，我就越经常想起他，想起这么多年来的点点滴滴，想我非常对不起他，想我今后一定要对他好一点。老天爷给我开了一个玩笑，以前我可以对他好的时候没有对他好，现在我打算对他好时又没法对他好了。

不知为什么，他突然中断了与我的联系，考虑到他工作很忙，我也无暇多想。临去北京前，为了节省时间，尽量减少麻烦，我对北京地图进行了仔细的研究，发现女儿的学校离他的单位很远，离我丈夫同学的单位很近。于是我没打电话让他接机，而是先到丈夫的同学安排的地方住下后，才告诉他我们到了。

他们一家三口宴请了我和女儿。我请他第二天帮忙送我们去学校报到。要是在重庆好办得很，叫个出租车，喊个“棒棒[①]”就行了。可是，北京没有“棒棒”，即便打车到了学校，行李箱怎么搬得动呢？他不太爽快地答应了，话说得模棱两可。我见他这样，不想让他为难，最后还是请别人帮忙送女儿去了学校。

我想总是哪里错了，惹他生气了吧。但唯一明确的是：我们没有缘分。离开北京那天，收到他的短信，他出差去外地，不能来送我，送我去机场的是丈夫的同学。

当飞机呼啸着冲上北京天空的时候，我哭了……

---

① 重庆街头的临时搬运工。

第五章

Chapter 5

思念你，桂林

“米果，有你的信。”办公室的小王手里拿着一叠信件和报纸，兴冲冲地走进来，把一个装着信的牛皮纸信封扔在她的桌上。

现在时兴发电子邮件和手机短信，年轻人玩新潮厉害得很，小手儿在键盘上噼里啪啦按得飞快，一会儿就可以把信息发给对方，何必用邮寄信件这种古老的方式？再说，哪里没有电话？打电话也方便得很嘛。邮寄的信件一般都是公文、信函、通知、广告、宣传资料等。

米果拿起桌上的信件扫了一眼寄出地址：广西南宁市医学会。

她想起来了，两个月前，看到广西桂林举办统计学研讨会的征文通知，正好手里有一篇学术论文，于是寄了去。这是会议通知来了。

这次情况有点特殊：米果每天一早要送儿子去幼儿园，下午下班回家再到幼儿园把儿子接回来，吃过晚饭带儿子去学校游泳池游泳，接下来洗澡、洗衣服，然后才能睡觉。丈夫现在在香港，若是自己到桂林去了，四岁的儿子怎么办呢？

“嘿，这好办嘛，把儿子带上一起去开会，正好可以让孩子开开眼界，长长见识。”同时接到会议通知的唐大夫说。唐大夫是医院的高年资医生，工作踏实，挺能吃苦耐劳的。

“不行不行。到这么远的地方，要是出去游玩，儿子太小，肯定会走不动，要人抱。我哪里抱得动呢？”

米果身体单薄，纤纤细腰，手无缚鸡之力。儿子从一岁多就习惯了跟她出去玩的时候不会要人抱。若是实在走不动了，她抱起儿子最多只能走四五米远。有一次上街过马路，那是四车道，来往车辆多，不能牵着儿子慢慢走，米果只好抱着他横穿马路。可是到了马路中央，她实在抱不动了，心里一着急，一个趔趄，差点摔倒，迎面驶来的一辆黑色桑塔纳一个急刹车，把马路两边的行人都吓呆了。从此，丈夫不让她一个人带孩子上街了，儿子出去玩也只要爸爸抱了。

唐大夫说："不怕不怕，有我呢，到时候我帮你抱。"

米果还是犹豫不决："哎，太麻烦了，你一个人去吧。帮我把论文汇编和论文证书带回来就行了。"

"去嘛。桂林山水这么有名，机会难得哟！"

米果想了想："也是，那好吧。"

* * * * *

在桂林，米果和武汉的汪大夫、陕西的梁教授同住一个三人间。她的铺位在最里面，靠近卫生间。

儿子还小，对什么都好奇，可万一碰到电源或电线，触了电可不是开玩笑的。为了不让儿子乱走乱摸，早上开会前，米果把儿子的小人书、本子、玩具放在床上，比划了个“圈”再把儿子放到“圈”里：

“可可，今天上午你就在床上玩，不准超出这个范围，听清楚没有？”

“我玩累了的时候，可不可以到窗边去看看风景呢？”

“不行。爬窗户，那不和摸电源差不多呀！记住，只准在这个范围内，不准下床。听话，妈妈下午会带你出去玩。”

“那好吧。”

现在的小孩子很有主见，对爸爸妈妈的叮嘱总是当面答应得好，背后却置若罔闻。你越是不让他做的事，他越是要亲自试一下。

比如有一次，米果买来黄鳝养在桶里，准备与鱼腥草一起熬水给儿子喝，据说开胃健脾，管用得很。见儿子蹲在桶边，目不转睛地盯着黄鳝，兴趣盎然，米果就对他说：“只能看，不能摸哟！不然黄鳝要咬人的。”儿子不住点头。哪知道一转身的工夫，就听见“哇”的一声尖叫，儿子大哭起来。米果返身一看，儿子湿淋淋的中指被咬了一个三角形的小口子，正不停流血。

米果还是放心不下，开会半小时后，抽身回到寝室，看见儿子坐在床上，正在绘声绘色地给打扫房间的阿姨讲小人书上的故事。米果放了心，亲了亲儿子，表扬了他几句，返身回到会场。

* * * * *

吃午餐时，饭菜不太可口，米果和儿子吃得漫不经心。唐大夫先回去休息了。

“下午出去吗?”J 走了过来，他是上海市某医院的医生，上午开会时坐在米果的旁边。

米果个子不高，小巧玲珑，可偏偏欣赏个头高高、五官周正的男人。J 就是这种类型，他大约四十岁，衣着整洁，成熟稳健。

“到哪儿?”

“我们到象鼻山去玩，好不好?”

“好吧，下午三点，门口见。”

带着儿子，米果与J乘车前往象鼻山。广西本地人大多长得棱角分明、颧骨凸出、皮肤黝黑。而米果三人，细皮嫩肉的，一看就是外地的。车上的人全都盯着他们看。J也不时看看米果，弄得她很不好意思。于是她抱起儿子，挡住J的视线。

“妈妈，快看快看，河里面那座山好像一头大象啊，还把象鼻子伸在河里吸水呢!”

哟，真的！象鼻山到了，它矗立在漓江中，站在岸上，隔着栏杆，老远就能看见。

三人花五元钱租了一条小竹排，朝象鼻山划去。船工说，象鼻山是桂林的“城徽”。

看着逼真的象鼻子，米果很疑惑：“象鼻子是天然形成的，还是古代人工开凿的？”

“这个就不清楚了。只不过这里是漓江和桃花江的汇聚之处，水流冲刷后，日久天成也是很有可能的。”

可她怎么想也想象不出水流会冲刷出一条象鼻子来。

来到山脚下，抬头望去，象鼻与象腿之间的拱洞大概有十多米高。洞壁上有些模糊不清的名人诗作，几个游客正兴致勃勃地给古迹拍照。

象鼻山背就是小山顶了，花草绿树间游人很多，不少游客居高临下观看风景。

J扶住她的肩头问：“上去看看不？”

儿子急忙说："要去要去，我要爬到大象背上去。"

八月的天气，骄阳似火，热得人汗水直淌。她往一边挪了挪身子，望了望山顶，看了一眼文质彬彬的J，俯下身悄悄对可可说："儿子乖，妈妈抱不动你，今天就自己走路吧。"儿子听话地点点头。然后她擦擦汗，对J说："反正就那么回事，懒得上去，好热啊，将就这个竹排回去吧。"

* * * * *

晚上，米果带着儿子去会议室看电视，刚进屋，就听见里面的人七嘴八舌地说："就是她，就是她。"

"哎，你怎么才来？刚才电视上正演你呢。"

她一头雾水："刚才演我什么呀？"

"就是上午学术会议开幕式的新闻报道。"

"专门有一个你的特写镜头，你正在写记录。"

“形象很好，真的。”一个身穿墨绿色 T 恤衫的年轻人走过来，“你是杭州的吧?”

她不置可否，面带矜持地微笑：“你哪儿的?”

“大连的。”他顺手抱起可可，边逗他玩，边在旁边坐下。

他是 S，三十多岁，身高一米七五，大块头，单眼皮，典型的东北小伙子。戴着一副眼镜，这让他看起来稍显文静。他是国内一位知名统计学专家的关门弟子。

她向他请教了几个统计学上的问题，他的回答比较令人满意，这拉近了两人的距离，气氛也变得融洽起来。他邀请她第二天下午去西山公园玩耍，她爽快地答应了。

次日下午，米果带着儿子如约与 S 来到西山公园。

S 不怕天气炎热，一直抱着可可。她不忍心让他们在阳光下暴晒，便撑着红伞罩住他们。三人一起，走进公园大门。

守门的师傅打量着他们，好心地提醒："小伙子，西湖大得很，到处都有水，要看好你的儿子哟。"

她的脸一下子通红，赶紧转眼去看湖光山色。心想老师傅怎么这么没有眼光呢，人家小伙子起码比自己小五六岁，看不出来还"乱弹琴"。

西山公园位于桂林城西郊，比起象鼻山、伏波山、叠彩山、七星公园、芦笛岩等景点更加幽静。西峰、观音峰、立鱼峰、千山峰四峰之间均有石阶相连，环绕西湖于其间，峰影倒映水面，亭阁水榭美不胜收。

走了一会儿，米果过意不去了，对S说："把可可放下来走一会儿吧，你歇歇气。"

"没事没事，一点儿都不累。我平时经常打篮球，身体棒得很，这点小事不足挂齿。"

"可可，叔叔好不好？"

“好!”

“喜不喜欢叔叔?”

“喜欢!”

S很细心，遇到沟沟坎坎或路面狭窄的地方，他就右手抱着可可，回转身来用左手牵住米果的手。见他表情自然得很，米果也不好意思拒绝。但自己的手被他攥住，还是让她脸红心跳，她心里暗想：“现在这个样子给任何人看见，都会认为我们是一家人吧。”

米果心里忐忑不安起来，照了几张相后，便再也无心游玩了，不顾S的一再挽留，她坚持已见，打道回府了。

第三天，大家一起坐船顺漓江而下游阳朔。一上船，大家就忙着照相留影。好不容易等其他人都照完了，米果才牵着儿子走到船尾。

“喂，转过身来，我要照了哟。”S一边招呼旁边的人闪开，一边对着她大叫。

“嘿，你这个人才是，何必非要照正面，先照一张背面嘛，她的背影也挺漂亮的。”来自黑龙江的张教授说。

经过象鼻山的时候，米果与儿子合照了一张，与唐老师也合照了一张。

“牛！牛！一群牛！妈妈快看！”

河岸草滩上有几头牛，牛爸爸卧在草地上，悠闲地甩打着尾巴。牛妈妈站在旁边，俯首向着牛爸爸的方向，似乎在啃青草，又好像在和牛爸爸说悄悄话。一头小牛聚精会神地埋头吃草，最小的牛儿在草地上自由自在地走来走去。

她抱着儿子和这群牛一起照了相，帮 S 也照了几张，然后在椅子上坐下来。

桂林的山形奇特，一座座拔地而起，各不相连，每一座都有一个美丽的传说——“童子拜观音”“九马画山”“狗熊观天”等。每一座山峰映在漓江上的倒影更为壮观，若不是身临其境，你永远也体会不出那种宛入仙境的感觉。“桂林山水甲天下，阳朔山水甲桂林”，这种说法也许正源于此吧。

“可可，你看桂林的山和重庆的山有什么不同?”

“桂林的山要尖一些。”

“对，重庆的山连成一条山脉，人和车都可以在山上行走。桂林的山笔直陡峭，一个个山头就像放大了的盆景一样，人和车都不能上去，只能在下面或远处观看。”

“也不可以种庄稼，对吗?”

“对。那座山像什么?”

“像馒头。”

“那座呢?”

“像狗狗。”

S走过来，手里拿着一只小螃蟹，问道：“可可，要不要?”

“在哪里捉的？带我去嘛。”

“好啊。”

漓江的水清澈见底，可以看见江底的石头。漓江的水真静，静得让人感觉不到它在流动，只有船行时激起的微波扩散出的一道道水纹，才让你觉得船在前进，岸在后移。S抱住可可，让他坐在船舷上脱掉鞋子，把双脚悬在水面上。马达激起的水花老高，时不时溅到脚上，可可乐得大声尖叫。

船到阳朔了。组织者叫大家上岸后自由活动两个小时，逛逛自由市场，买点纪念品什么的，并一再强调：“记住！四点钟以前一定要赶到汽车站，集体乘车回去，四点钟准时开车哟!”

大家三三两两走上岸，沿途都是卖手镯、戒指、项链、葫芦、布包、草包、小伞、小帽、小刀、小叉等的货摊，各种小玩意儿琳琅满目。

大家边走边看，讨价还价，各取所需，渐渐地走散了，唐老师也不知走到哪里去了。只有S一直跟着米果母子俩，形影不离。

可可真好玩，一个男孩子，偏要妈妈给他买一串项链。那串项链，白色的珠子中还镶嵌着桃红艳绿的珠子，要多俗气有多俗气。

“那串不好看，还是买这串珍珠项链吧。”

“不，我就要那串，我要送给涵涵，她喜欢那种颜色。”拗不过儿子，她只好掏钱。

这时，她听见旁边一个女同志对S说：“你老跟着她干嘛？跟那么紧……”

S 没作声，愠怒地盯了那人一眼。

她的脸上挂不住了，对 S 说：“你先走吧，看看有什么喜欢的东西，也带点礼物回去嘛。”

S 只好走了。

一路上，米果买了一对玉手镯、一对玉戒指、一条玉项链、一对玉葫芦。价格很便宜，但不是真的玉器。

看看手表，已经三点半了。她问路边的摊贩：

“车站离这儿还有多远？”

“还远呢！快走起码也得半个多小时。”

遭了！她一把抓住儿子的手，急忙往车站赶。

正在这时，S 迎面跑来：“你们怎么还在这儿？大家都上车了。快跟我走！”他抱起可可，返身便跑。

她顾不上说话，气喘吁吁地跟着S跑。她看见S的汗水不断往下淌，想叫他慢一点，却又害怕误了时间。这一路跑去，全是上坡路，米果累得够呛。

终于跑上车了，全车人都在等他们。放下可可，S把湿透的T恤衫脱下来一拧，汗水哗哗的。米果急忙跑下车买了两根冰棍和两瓶矿泉水，递给S和可可，一面拿出纸扇使劲儿给S扇凉，轻轻地问："你怎么知道回来找我们？"

S憨厚地笑了："怎么不知道？我上车一看，你们不在，猜想你们肯定走不动了，就赶紧下车往回找，幸好没有岔路。"

米果心里愧疚，说："真不知道怎么感谢你！"S又是憨厚地一笑。他的脸热得通红，让她非常心疼。

白天玩得太累，回到住处后，米果早早洗漱完毕，先让儿子睡了。同屋的梁教授和汪大夫也早就上了床。

约莫十点钟，她关了电视，正准备睡觉。这时，传来了轻轻的敲门声。

米果打开门，S 站在门外对她说：“你出来一下，我有话对你说。”

她跟了出去。S 拿出一方真丝丝巾：“这个送给你。”

见她没拒绝，S 又说：“到我房间去坐一会儿吧。”

“那怎么行，会影响人家休息。”

“同房间的人已经走了，我刚去送了他。”

她想，那更不能去了！马上说：“哦，不早了，我要休息了。”说完急忙转身回房。

早上七点钟，米果醒了，儿子还睡得沉沉的。昨天 S 告诉她，他买的是早上 8∶30 的火车票。虽然非常感谢他，米果还是决定不去送他。

7：20 的时候，她走出房间，来到楼梯过道。透过花砖，她看见大门口停着一辆车，有几个人站在车旁，正在往后备箱里装行李。个子最高的 S 背一个黑色旅行包，不时抬头往她房间看。米果知道他想让自己去送他，至少目送一下也可以。但她克制住自己，只是默默地站在楼梯过道上，看着 S 恋恋不舍地上了车，直到汽车慢慢启动，消失在她视线的终点。

第六章

Chapter 6

跳动的火苗

自从当上办公室主任，米果觉得失去了自由。就说出去开会吧，她想去参加的会，常常得不到准许；不想去开会的时候，领导因事去不了，就让她代替。

这次，领导让她去南宁参加一个全国医院院长管理工作研讨会。好在是夏季，她匆匆忙忙捡了两套夏装塞进小提箱就出发了。上午 11∶40 的飞机，抵达目的机场后有人接机。下午 2∶30 左右，她顺利到达了目的地。

一切安排就绪，米果痛痛快快洗了一个澡，然后睡午觉。宁可不参加饭局，不凑热闹，也不愿放掉任何午睡的机会，这是她一贯的原则。

下午 6∶10，米果穿上最喜欢的真丝无袖套衫，外罩一件薄如蝉翼的白色长袖披衫，下身是白色丝织短裙。晚宴她来迟了，代表席已经坐满了，她只好与会务组成员同坐一桌。

坐在米果右边的是一位干净清爽、文质彬彬的小伙子。他替她喝了一小杯酒，并且对饮酒、劝酒颇有微词，一下子就赢得了她的好感，两人有了共同语言。交谈中，米果了解到，他是某医药公司的医药代表 W，他的公司是本次会议的赞助商之一。他和米果一样，属马，但年龄比米果整整小了一轮。面对小弟弟，米果一点戒心都没有，无忧无虑，畅所欲言，两人谈得很投机。

晚餐快结束时，W 彬彬有礼地说："今天晚上我邀请了桂林、钦州的两位医生去打保龄球，你也一起去吧。"

她想想晚上没有其他安排，便一口答应了。

米果从来没有打过保龄球，W 便把基本动作教给她，无奈她力气太小，最轻的球拿在手里也感到很坠手。扔球时软绵绵、慢吞吞，一点力度都没有，不是斜向左边，就是歪向右边。后来球好不容易不歪不斜了，直端端地走拢了，可球只碰倒一个瓶。米果挂白板的时候居多，越打越没兴趣，于是干脆不打了，坐在旁边观看。

相比之下，W 就是高手了。他动作标准、潇洒，别看他斯斯文文，一球出去，经常打“满贯”，如果不是“满贯”，至少也会得个五分或者六分的。那天晚上，就他打得好，得了不少掌声，还得了一份小奖品——一个精致的钥匙链。他把钥匙链送给米果。喜欢精致的小玩意儿是女同胞的天性，米果很爽快地接受了。

这次会议是一年一次的例行会议，大都是熟面孔。老专家、老领导在场，米果整天都规规矩矩地坐在会场里开会。

晚上，大家在宾馆的卡拉 OK 厅唱歌跳舞。米果梳洗后，换上蓝底白花紧身 T 恤，配白底蓝花大摆裙，与同寝室的小 N 去了卡拉 OK 厅。W 已经到了，见她进去，赶紧站起来招呼，旁边还有一位浙江的药商。他们都是能歌善舞的角儿，轮流请她唱歌跳舞。她不善唱歌，虽然五音还全，但音域太窄，高不上去也低不下来。她跳舞还算把好手，无论是快三、慢三，还是布鲁斯、吉特巴，无论是和久经“舞”场的老将，还是和蹩手蹩脚的生手，她都能应付自如。米果的大摆裙像一只翻飞的蝴蝶，在人群中飞舞盘旋。

W 一直陪在米果旁边，只和她跳舞。他唱了一曲《爱拼才会赢》，获得满堂喝彩。回到座位，米果伸出大拇指向他晃了晃，W 反倒不好意思了："嗨，一般般。"俩人上场合跳了一曲吉特巴，绕舞场在人群中穿梭，大家看得目不转睛。俩人配合默契，时分时合，不用刻意留心脚下和手上的动作，彼此都感到非常轻松愉快。

室内灯光暗淡下来，强有力的节奏振动人心，引发肌肉阵阵收缩，迪斯科舞曲响起，晚会进入高潮。米果和 W 的热情也被煽动起来，他们起身进入舞池，随着音乐节奏，时而面对面，时而背靠背，尽情地扭动身体、挥动胳膊、变换脚步、摆动髋部。米果穿的紧身衣恰到好处地凸显出身材，大摆裙巧妙地放大了摇摆的效果，她像变了个人似的，一扫平日的文静端庄，脸上堆满顽童般的笑容，从头到脚不停地舞动。W 的动作虽然略有不同，但节奏感是一样的，不知道的人还以为他们是经常搭档的舞伴呢！"好久没有这么开心过了！""我也是！"直到晚会结束，他们才恋恋不舍地分开。

不知是太兴奋了，还是怎么的，米果躺在床上，辗转反侧，很久都没睡着。她想，明天是会议的最后一天，得抽时间出去逛逛街，买点南宁的特产带回去。带什么呢？广西的荔枝出名，就买一箱荔枝吧。

“叮呤呤……”电话响了，她拿起电话。

“喂，你下来一趟吧，我在楼下等你。”是 W 的电话。

“这么晚了，还没休息呀？”米果疑惑地问。她看到 W 换了一件白衬衫，头发梳得纹丝不乱，一股力士香皂的味儿混合着其他什么香味从他身上飘过来。

W 没正面回答她，问道：“明天会议就结束了。你什么时候走？”

“后天一大早。”

“那明天是最后一天了。”

“嗯。”她突然觉得时间过得好快。

“明天我们出去玩，好不好?”

她本想推辞，但看着W热切的目光，想起这两天二人相处得很愉快，又不忍心拒绝了：“白天不行，我要开会。”

“那我们晚上出去，你看几点合适?”

“七点吧。”

“好，七点钟我在宾馆大门口等你。”

次日晚餐后，同屋的小N约米果去逛街，她推说要去找一位同学。等小N走后，她看看时间，才六点半，还早！她站在窗口，看着代表们三三两两地往外走，心想：幸好约的是七点，否则，会被这些人看见的。转而又想：才好笑呢！又没做什么要不得的事，看到又怎么的。话虽这么说，当米果卡准时间慢吞吞地走到大门口与W会合时，还是忍不住瞻前顾后地打量周围的人。发现有两位代表正从外面散步回来，她的脸不由热了一下。走过几步，还鬼使神差地转回头去看他们，哪知道正碰上那两位也转头看，她赶紧掉头走了。

他们乘坐出租车来到市中心，进了一家五星级宾馆，直接到了顶楼的歌厅。两位特邀歌手正在轮流演唱。女歌手唱了一首《春天的故事》，像极了原唱的声音。男歌手的一首《在那桃花盛开的地方》也把蒋大为模仿得惟妙惟肖。W 点唱了《爱拼才会赢》，比起头天晚上，他现在的音色更为动听。米果闭上眼睛欣赏，仿佛就是原音重现。

当其他人唱的时候，他们就上场跳舞。米果从来就认为跳交谊舞是一种“轻体育”锻炼加“轻音乐”欣赏，优美的舞姿使人的身体得到极大放松，优雅的音乐又使人的精神得到极大满足。他俩伴着优扬的华尔兹，在人群中起伏、旋转，心中的愉悦写在彼此的脸上，感觉好极了。

“怎么每个人都唱得这么好呢?”两人落座后，米果诧异地问。

W 温和地笑了：“这是音响效果的原因，你上去唱也一样好听。”

“不行不行，我嗓子不好，中气也不足。”

“没有关系啦，去试一下吧。这么好的音响，每个人的声音都会被美化的。感受一下吧，保证不后悔。”

在 W 的鼓动下，她点唱了一首《情网》。真的！音响的共鸣效果很好，她轻轻地唱，传出的声音恰到好处，比平时悦耳多了，她简直不敢相信这是自己唱出来的声音。米果边唱边回头看 W。W 靠在沙发上，专注地看着她，温柔的目光透过舞场上人们的身影，时隐时现。

“很好。”等米果回到座位上，W 递上茶水，愉快地说。

“真像做梦一样。”她喃喃自语。

米果感到很热，端着茶杯抿了一口又一口，空调的冷气徐徐吹来，轻音乐把周围的气氛烘托得非常和谐。渐渐地，她平静下来，尽量不看 W，怕碰上他的目光。她不能说自己没有心动的感觉。怪不得有人说，相恋的人“年龄不是问题”呢！还好，她还没和他相恋，到此为止吧。想到这里，米果站起身，带着歉意说：“明天要早起，我们回吧。”

他们乘出租车往回走。司机按 W 的要求把车停在一栋楼下，他拉开车门，对司机和米果说：“稍等一下，我上去拿点东西。”她斜倚在靠背上一言不发，看着他点点头。

不一会儿，W 扛着一个小纸箱上车了：“这是一箱荔枝，送给你的。”

米果的心中仿佛打翻了五味瓶，很多感觉混在一起，说不出到底是什么滋味，一起向她袭来。

第七章

Chapter 7

雨衣的故事

不瞒你说，世界上有些事就是说不清，也道不明。

那次高中同学聚会，是酝酿已久的金刀峡之行。人到中年，要从忙碌的工作和烦琐的家务中脱身，聚到一起，真是不容易。从头年约到次年，从年初挨到年中，一直拖到盛夏八月三伏天。学生们放假了，工作也轻松了，久违的相逢让大家兴致勃勃。

来到金刀峡，只见谷底幽深、流水潺潺、绿荫浓浓、风景秀丽。整个峡谷形如其名，好像一把巨刀在地上劈开了一道缝，里面凉爽宜人。以前，刘红还不知道重庆的盛夏有这般好去处。当地的山民说，峡谷中有不少地方飞瀑高悬，从崖上滴下水来，必须穿雨衣才不会被淋成落汤鸡，加上路面湿滑，还要换上布鞋，免得不好走路，摔在烂泥里。

男同学们不怕，不穿雨衣，鞋子也不换。女同学就不一样了。赵晓晨挨个打量了一遍，说：“我们穿高跟鞋的，还是每人买双布鞋吧，免得不好走路，摔倒就惨了。”

王西看看身上漂亮的旗袍，说“再买件雨衣，不能让水淋得太狼狈了，还是要注意形象嘛，不然照相好瓜[①]哟！”

于是，她们五个女同学便脱去高跟鞋，换上布鞋，披上雨衣，你看看我，我瞧瞧你，那新鲜劲不亚于换上了新款时装。在入口处合影后，一行九人便向峡谷深处走去。

峡谷其实就是一道地缝，不少地方峭壁高耸，抬头看天空，仿佛“一线天”。谷底流水潺潺，清澈见底，水面时宽时窄，水势随着地形一会儿平缓，一会儿湍急。行人的道路是沿着石壁打下桩子，再用木板在桩子上铺成的一条仿古木栈道。

① 意为“傻”。

峡谷里幽深湿润，在炎热的夏季倒是凉爽得很。

两侧石壁上到处可见不知名的野花和野草。有一种大朵的黄花，花瓣纤细，貌似菊花，远看如花瓣裹成的绣球。这可能是金刀峡的特产，因为还没在其他地方看到过。这种花袅袅婷婷地站在石壁上，让人忍不住想摘，可够得着的地方没长花，有花的地方手又不够长。刘红真后悔进峡谷之前怎么没先打听清楚，应该找农民伯伯借根竹竿，再在竹竿上绑把镰刀。人们都说，鱼儿离不开水，花儿离不开阳光，在日照这么差的地缝中，居然开着这么大、这么艳丽的黄花！让众人不由得感叹。

这时，赵晓晨像发现了新大陆一样："快看快看，对面的青苔好壮观啊！"

这是金刀峡的另一个特色。沿石壁自上而下，附着一片又一片的青苔，每一片青苔就像是一片巨大的绿绒花瓣，又像一朵巨大的绿色平菇，有的地方一层盖着一层，酷似用绿绒做成的古代美女的巨大披肩，青翠碧绿，煞是好看。刘红把它叫作

“石壁叠翠”。

王西兴致勃勃，一路上不停地拍照，摆出一个又一个姿势——站在小桥上照一张，蹲在水流边照一张，手拉竹叶照一张，斜靠树干照一张。有人照的地方必照，无人照的地方也“秀上一秀”。

刘红觉得同一景点没必要拍太多照片，太多了难以保存。所以，她节省了不少时间，一路逛去，遥遥领先。

这时，眼前出现的石壁让她停住了脚步。石壁上怪石嶙峋，布满交叉纵横的纹路，顶上一串串钟乳石倒挂下来，石头的颜色还未风化成乳白色。称奇的是，石壁上方斜向右下伸出一截直径约 1.5 米、长约 5 米的石柱，非常像一条呼之欲出的龙。右下方的石堆上有一块形似海豹的石头，它抬首望着石龙，二者遥相呼应，惟妙惟肖。

“快发挥想象力！”

听到她的呼唤声，同学们都过来了。陈元林说，上面是天龙问世。赵晓晨补充，下面是海豹拜王。刘红觉得，海豹的样子不像是跪拜，而像是蹲着看稀奇①。所以应该叫作“天龙问世，海豹观奇”。再看石壁上，刻着“千幻古崖”四个大字，妙哉，妙哉！真是一个让人有万般幻想的地方啊！

继续往前走，满满一池绿水挡住了众人的去路。原来，这里有一个拦河坝，蓄积的水形成一个长条形的水潭，名叫“沙溪湖”。笔直的峭壁上，几处“飞流直下三千尺”，流下来的水正好落在此湖最窄处。湖的最宽处达 10 米，湖水由浅渐深，需要乘坐小船才能继续前行。

上了小船，船夫说：“前面流下来的水大得很哟，你们赶紧把雨衣遮在头上。”只有五个女同学有雨衣，于是，坐在前面的四个女同学身边各自搭配了一个男同学，两人合将一件雨衣盖在头上。

---

① 此处意为“看热闹”。

雨衣的故事就是从这里开始的。

钟云正好坐在刘红的左边，坐好以后，他俩赶紧把雨衣顶在头上。钟云特别小心仔细，他一直张开两只手臂，左手将雨衣撑在自己头顶左侧，右手从后面伸向刘红的头顶右侧，拉开雨衣后端撑着。刘红举起右手拉着雨衣前端撑着，使雨衣撑开形成一个小小的顶篷。这样，她这边的水流就不会顺着雨衣边缘流到身上了。

刘红转过头看看其他人，都是两人一组，将雨衣顶在头上，各自用一只手拉住雨衣的一端举在头上，饶有兴致地观看周围的景色。

她对钟云说："你这样双手举起很累，放下来嘛。"

"没什么，这样才遮得住。"

说时迟那时快，倾盆而下的瀑布突然打在头上，她惊奇水流居然有那么大的力量，隔着雨衣砸得头皮和臂膀生疼。突如其来的水流冲击，让她和钟云不由自主地紧紧靠在一起，钟云撑着雨衣的手臂也不觉紧紧地护着她的肩膀。也许只不过几分钟的时间，可刘红却觉得地球一下子停止了转动，仿佛整个世界只有他俩相依相偎在一起。她的脸一下子红了。

感觉头上水势已去，刘红转正身体，掀开雨衣，说："好了好了，不用遮了。"

"不忙不忙，前面还有瀑布。"钟云边说边将雨衣重新撑在她的头上。果然，又是一阵"哗啦啦"，逼得他俩重复了一遍刚才的"亲密接触"。

下了船，大家怨声载道。刘红发现，其他人的背上甚至屁股上都被顺着雨衣流下来的水浸湿了。只有她浑身上下干爽得很。刘红偷眼瞧瞧钟云，他穿的黑色衣裤，看不太清楚，好像背上也有一溜水迹，因为他没有第三只手来为自己撑开雨衣了。

“你看你看，钟云把你保护得好好哟!”“只有你一个人一点儿都没淋湿。”在其他女同学的啧啧羡慕声中，刘红的心扑腾了一下……除了感激之外，还有一种异样的感觉涌上心头。

众人从沙溪湖堤坝上岸，进入竹林峡谷地带，要爬上坡再走一段才能到达停车的地方。王西不想爬坡，她头天晚上打麻将赢了，坚决要请几个女同学坐滑竿，她们何乐而不为呢！她们几个刚一开口，抬滑竿的人便飞奔过来，争着要抬刘红，弄得她丈二和尚摸不着头脑：“嘿，我们五个女生都要坐滑竿，你们全都跑到我这儿来做什么?”“你先选嘛，选剩了的自然晓得走嘛。”哦，原来他们看她的样子偏瘦，就想挑轻的抬。

晚上，刘红躺在床上，白天雨衣下的那一幕老在眼前晃动。钟云的体贴、温柔深深地打动了她，阵阵暖流漫过她的心田。真奇怪！同学两年，毕业后又二十三年，她从来不知道他是这样“一本好书”。

说实话，钟云五官端正，身材适中，成绩优秀，应该是女孩子心目中的偶像。可除了外在，女同学们却一点也不了解他，也不知道他心目中的那个她是什么样子。王西经常感叹，凭钟云的长相和德才，完全可以在同学中物色一位称心如意的女伴，可他对女同学从来无动于衷。听说他想读大学，不想早早谈恋爱。后来他考上了大学，找了一位大学同学做妻子。

在女同学的印象中，钟云总是一副不苟言笑、严肃认真的表情。总之，高中时期，他把自己严封密裹，让人“不识庐山真面目”。试想，这样一个不食人间烟火、少言寡语的人，怎么能和温情脉脉、体贴入微的才子形象联系得上呢？

今天这事太出乎意料了！强烈的反差让刘红都有点想不明白，他怎么突然就变了一个人呢？要不是这次金刀峡之行，要不是正好头顶上有瀑布飞流直下，要不是只买了五件雨衣需要男女合用，要不是正好他坐在她旁边，刘红哪能发现他的另一面呢？没有今天的金刀峡之行，她对他的认识可能永远停留在以前，一辈子都不会改变了。哦，原来人的外表和内在往往不完全一致。正如大家认为刘红冷若冰霜一样，其实这是只知其一不知其二，她也有热情奔放的时候。现在她才知道，钟云并不是冷血动物，他能这么体贴入微，至少说明其内心情感应该是比较丰富的。

从那以后，钟云的身影时常浮现在刘红的眼前。闲暇的时候，她会不由自主地陷入温馨的回忆。当然，大家都已儿大女成人，早已过了容易冲动、追求浪漫的青春时代。刘红愿意把这份美好的情愫深藏在心底。她想，可能这样的事并不仅仅发生在他们身上吧。

后记

Postscript

后 记

我的童年和青少年时期没有一般人那么幸运，父母大字不识几个，在争吵中度过了一生。他们没有精力，也不会管教孩子、培养孩子，我完全是自由式长大的。能够从这种家庭走出来，进入著名高等学府，是出乎意料的。

我的记忆力很好，小时候会唱的歌曲如《歌唱二小放牛郎》《草原英雄小姐妹》等，我到现在都可以从头到尾、一字不差地唱完。因此，以前经历过的许多事情如今依然历历在目，就像发生在昨天一样。

退休以后，我有了一种想法：把自己的一些经历简单地记录下来，把闷在心里想说的话一吐为快，也算是给自己送一份礼物吧。

我有一个特别钟爱的微信群叫“七朵金花”。桃子、ZIP喜欢紧跟形势畅谈国家大事。LY、ZIP 喜欢旅游，大家已经习惯了她们突然“消失”，然后突然“冒泡”。ZIP 和 LY 还喜欢种花，她俩住在同一个小区，屋外有栅栏围着的花园，里面种着各种奇花异草，还被打理得井井有条。两人时不时在朋友圈晒晒花卉，惹得我们又羡慕又嫉妒。TH 爱好广泛，喜欢打麻将、看电视，喜欢玩乐，还喜欢带孩子。而远在美国的另外两位，不知道一天到晚在忙些什么，很少发言。拿起望远镜一望，哦，她俩都还没退休呢，肯定是在忙工作吧。

已经习惯了每天看看好友在群里发的好文，这让我开阔了眼界，增长了见识。给好友的朋友圈和好友在群里发的即兴小视频点点赞、捧捧场，加深了我们之间的感情。通过好友发的生活常识、生活妙招，可以学到许多新知识和小窍门，还有一些趣味小游戏、语文数学题，可以打开我的思维，增添生活的乐趣。那些美妙动听的乐曲，既陶冶了我的情操，又净化了我的心灵。除了寒暄以外，我很享受与好友们聊天的感觉，因为有些话是不会与家庭成员说的。这个群里，有人善于营造良好的沟通氛围，让群里一下子热闹起来，大家你一言我一语，打破生活的沉闷；也有人会积极回应，鼓励对方说下去，点赞道谢，让对方有一种被理解的认同感。遇到想法不一致的时候，会传递一些话外的信息，或者就事论事，坚持自我又互相理解。

我始终记得群里的好友分享给大家的一句话：今天，是我们往后日子里最年轻的一天，愿大家多多保重，珍惜每一天！